Tales frae the Odyssey o Homer

WILLIAM NEILL, the translator of this selection, was born in Ayrshire in 1922 and educated at Ayr Academy. After service in the RAF he attended Edinburgh University, where he studied Celtic languages and English. He taught for some years in Galloway where he now lives and writes. He has produced several collections of verse in Gaelic, Scots and English, and took the National Gaelic Mod's bardic crown at Aviemore in 1969. Neill has broadcast and read his work at home and on literary tours abroad, and has recorded verse (including the present translations) for Scotsoun.

TALES FRAE THE

ODYSSEY

O HOMER

OWRESET INTIL SCOTS

WILLIAM NEILL

PRINTS BY BARBARA ROBERTSON

Printed and bound in Britain
Design by Simon Fraser

The publisher gratefully acknowledges subsidy from the Scottish Arts Council towards the publication of this volume.

Published in 1992 by
The Saltire Society
9, Fountain Close
High Street
Edinburgh EH1 1TF

British Library Cataloguing in Publication Data
Homer
Tales from the Odyssey o Homer
I. Title II. Neill, William
III. Robertson, Barbara
881.01
ISBN 0-85411-049-6

Contents

Dedication

For Dodo

A WARD ANENT THIS BUIK

The burr o Homer is as faur frae that o Euripides as Scots is frae Suddron an his poetrie hes sae monie kennins intilt that it maun hae been tellt tae the auncient Greeks lang afore it wes scrievit doun. In an owresettin the strang wards o the Odyssey ding thegither tae ma ain lugs better in Scots nor onie ither leid.

It hes aye been pairt o ma ain ettle tae scrieve in Scotland's thrie tungs: Gaelic, Scots an Inglish, eftir the braw ensaumple gien me bi George Campbell Hay. I canna be daein wi sic fowk as wad smoor oot yae speik in the howpe o forderin thair ain. Inglish is strang eneuch, stellt as it is bi the establisment an the media. Gaelic, in ma ain bairntime thocht tae be faur ablo the nebs o the great, hes cam tae hae the repute that its auncestrie desairves. Scots alane bides a puir orphant, for aa that maist fowk in Scotland ken it in some meisure. Lik Gaelic, it wes the speik o palace, coort an college at yae time. Nou it is lukkt doun on bi cockapenties ettlin tae yird it lang afore its daith.

"Scots was dying at the time of Robert Burns," says yin. No it wesna. It wes gey an vieve whan I wes a bit laddie in Ayrshire an tis no deid nou tae onybodie wi lugs tae hear. Gin ye can read this, Scots isna deid, an I'm gey an shair thare's monie a bodie wha reads this buik will hear the wards soondin in thair heids.

"Writing in Scots is the merest dictionary-dredging," says anither. Hes this yin read Shakespeare or Joyce? Is there never a dictionar or a thesaurus tae be seen in the rooms o *Inglish* scrievers?

Ithers ettle tae caa doun Scots bi cryin ocht that's scrievit intilt 'Kailyard,' a ward stack on till the wark o a wheen sentimental Scottish novelists, screivin in *Inglish* bi an *Inglish* editor. Nou it is wranglie gien bi thaim tae ocht in Scots, the mair sae gin it hes a rural origin. On the jeedgement o thir hauf-learit birkies Hesiod's *Warks an Days* an Virgil's *Georgics* wad be doomed for thair kintra airt an the histories o Herodotus dingit doun for no bein in the Greek o Athens.

Nane o the wards yaised in this buik are ootwith the Scots canon. I hae walit the wards I thocht best fittin tae echo the Greek, an in makkin yuiss o the hail ward-hoard that wes tae haund I hae weill-kent fore-rinners frae the Scots tradeition an monie anither. Thare will be, I ken, girns aboot the spellin. I hae mairkt the soonds o the flet vouels o Scots an joukt the mellin o suddron diphthongs in the text.

The aim o this buik wes tae mak sic a tellin o a gret tale as wad gae ower eithlie intil Scots an tae gie a heize tae the hairts o thir fowk wha still tak pleisure in the auld an nobil tung.

Gin I'm tellt that Scots is no a leid but a 'mere dialect' I will mak repone that it's the yae 'dialect' on the isle o Britain that hes a literarie tradeition raxin back ower mair nor sax hunner year. R.P. itsel is nocht but a dialect stellt up bi the establisment. A leid is a dialect wi its ain government, an thare's fouth o ensaumples o yon sempil meisure.

I canna feinish athoot a ward or twa o thanks tae Thorbjörn Campbell for his learit comments on the owersettin, for his eident wark in gaun ower the scrip, an his tentie wark in reddin up the hinmaist draft for the prenter.

Thanks are awin as weill tae the Saltire Society for thair guidwillie ettle tae gie a heize tae the Scots leid wi the forderin o this buik.

W.N.

INTRODUCTION

Of William Neill it can be said that by his practice of poetry in Gaelic, Scots and English he has claimed the full measure of the Scottish literary inheritance, from which he has made his individual contribution to contemporary Scottish literaure. A rare achievement.

In 1940 the Saltire Society published, as the first of Sir Herbert Grierson's project of a Saltire Scottish Classics series, *Selected Poems* by James Hogg. The series continued intermittently until 1960. In 1959 the Society published *Gavin Douglas: A Selection of his Poetry*, edited by Sydney Goodsir Smith. William Neill's translation into Scots of a selection of the best-known tales from Homer's *Odyssey* will not be found wanting in this company, for it is of strong character, robust and lively, with that warmth in it which belongs to the language itself. While, of course, the selection in terms of size cannot compare with the complete translation into Scots of Virgil's *Aeneid* by Gavin Douglas, the terms which I have applied to Neill's translation from the Greek are equally applicable to Gavin Douglas. That such a tribute can be made is not only a credit to William Neill but to the survival of the vernacular, and therefore to the Scottish people who, against the expectation of history, retained enough confidence in their mode of speech to keep it in being. Admitted that, and no more, until MacDiarmid with a presumption which seemed unjustified at the time made his claim of "the possibility of a great Scottish Literary Renaissance, deriving its strength from the resources that lie latent and almost unsuspected in the Vernacular." Elsewhere in his *Theory of Scots Letters*, MacDiarmid wrote: "There are words and phrases in the Vernacular which thrill me..." Much of the potential MacDiarmid realized in his poetry, and his Scots lyrics thrilled many readers. John Keats was thrilled *On First Looking into Chapman's Homer.* This was in an English in prime condition – Shakespeare's English – yet a claim may be made for the pre-eminence of Scots for the translation of tales which belong not only to their author but to the imagination of a people.

For the occasion of the bi-centenary of Burns's birth in 1959 I interviewed Samuel Marshak for the BBC on his translation of Burns into Russian. He commented:

"That a poem in a foreign language should be loved by people, it must be a Russian poem. Then it is incorporated into Russian poetry, otherwise it has no place – it is not a Scottish poem nor a Russian poem. It must be a Russian poem.... You must be as free – it does not mean free from the text – free in spirit... it must be planted again in new soil."

The possibility of the poem being *loved* would depend on the kind of poem, and then on the character of the poet. The reference is immediately comprehensible with regard to the responsive humanity of Burns, but it is also dependent on the character of the language. Marshak refers to the poem being "planted in new soil". The word "soil" suggests growth from a community, and Scots, as is evident from the poems of Burns, was a communal language at the time when the "dissociation of sensibility", as Eliot put it, was divorcing English literature from the broader community. Today, however reduced the community may be, Scots still implies and invokes one in so far as it has a physical presence, manifest in the ready availability of an appropriate imagery, an imagery which returns one to the fact and the sensation of fact.

In Book X of Chapman's *Odyssey*, dealing with the transformation by Circe of Odysseus's men to swine, there is the line

"Groveling like swine on earth in fowlest sort."

(hoia sues khamaieunades aien edousin.)

Neill translates the Greek

"sic mait as the grun-scartin grumphies yaise."

In Book IX, dealing with the Cyclops, Chapman describes Ulysses's arrival at the cave of Polyphemus:

"With speed we reacht the Caverne, nor discernd
His presence there. His flocks he fed at the field."

(Karpalmos d'eis antron aphikometh', oude min endon
heuromen, all' enomeue nomon kata piona mela.)

Neill has

"Swippert we cam til the cave but didna fin him ben;
for he wes hirdin his hirsel in the gress."

In both quotations from Book IX there is a release of energy, but there is a demand in the Scots, not made in the English, that it be spoken out loud, though the English will speak well. By the nineteenth century English poetry was the product of individual sensibilities. Poetry in Scots, and certainly as it presents itself in William Neill's translation, expects to be told as a tale. But then the tellers of tales and the singers of ballads are still with us. Our failure in the first quarter of this century was of confidence in ourselves – rightly so, if all we had was dying languages. Now we have new creations in an invigorated auld leid. We know this when we set even the great translation of Chapman against Neill's, as when Odysseus has returned home unrecognized and old (*Odyssey* XVIII), and Irus, "a stieve gaberlunzie man", attempts to drive him away. Chapman translates

"Old man," saide he,
"Your way out of the Entry quickly see."
(epea pteroenta proseuda: 'eike, geron, prothurou...)

Neill:

"Haud aff, auld man, haud aff frae this durestane..."

Chapman has the abstract "Entry". In Neill the mental eye is caught by the image of the threshold stone. The sensation of the place, "hame", is conveyed. It is a proper preparation for the moving, yet manly words of Odysseus on his being recognized:

"Luk, hame hae I come, ma ainsel, hame again,
eftir a sair trauchle, tae ma ain bit."
("Endon men hod', autos ego, kaka polla mogesas")

In a moment Odysseus is putting behind him all the weary years of separation, and William Neill, in submitting to the genius of the language, has matched that moment, and still he is closer to the Greek than Chapman.

Who will read this book? First, those who will recognize it as anither stane on "Scotland's cairn" (to adapt Garioch); some for the refreshment of new poetry spun from old tales made at home in Scotland; and yet others who, knowing these tales – for they are all well-known – find them an entry into the Scots language. (There is a good glossary.) This done, they will be the less impoverished, or, to put it in more meaningful terms, the reader will no longer be sic a "puir chiel" as he was – a descriptive phrase my father used, and one to be found in this book.

The Saltire Society's function is to "foster and enrich". We are grateful to William Neill for this enrichment.

George Bruce

NAUSICAA

An as he swithert sae in harns an hairt
a muckle swaw heized him tae the craigie shore
an thare his skin wad hae been flyped an his banes brak
hadna the goddess, yon bricht-eed Athene,
pit in his hairt a thocht.
In his bygaun he raxt baith haunds oot tae a craig
an held on wi a grane until the swaw gaed bye.
But back it breenged its wey an duntit him
an flung him oot yince mair intil the deep,
an lik the hosack ruggit frae his byke,
the paibles hingin frae the sookers,
sae wes the hide scartit frae his strang haunds
an the muckle swaw gaed ower him.
An yonner he wad hae perisht ayont his doom
hadna bricht-eed Athene stellt his thochts.
He raised himsel frae the laundbrist by the shore
an soomed ayont it lukkin tae the laund,
ettlin tae finn a sklentit claddach or a hine.
Syne he cam soomin til the firth o a quait-rinnan watter,
a bit that shawed the eithest tae his een,
smooth frae the craigs an beildit frae the wund.
He felt the watter rin an prayed til the river-god:
"Hark tae me nou, o keing, wha-ever ye be:

I come tae ye as tae yin wha'll hear ma prayer,
ettlin tae jouk Poseidon frae the sea...
Aye reverend tae the gods thaimsels a wanderer,
as I am tae yir firth an tae yir knees,
eftir grait dule; a suppliant tae ye
I vou masel tae be, hae peitie on me."

Sae spak he; straucht the watter steyed,
                    the swaw held back,
an the river lown afore him brocht him til the firth
an he lat his knees gie wey, an drappt his michtie nieves,
for his hairt wes sair caa'd doun bi the sea.
An his flesh wes aa swalt up an the saut watter
rinnin wi a scoosh oot frae his mooth an his neb.
Thare athoot speik or braith he wes fair forfochen
an a muckle weariness cam ower him.

In wanhap syne he spak tae his ain great speirit:
"Ochon a ri! Whit nou sal come on me?
Gin I bide here bi the watter the leelang nicht
I fear the crannreuch an cauld dag sal dae for me
whan in waikness I hae hoastit awa ma virr,
an the wund frae the watter blaws cauld in the dawin.
But gin I sclimm up the brae tae the wuid's shedda
an lay me doun tae rest in the bieldie shaw
sae cauld an tiredness micht gang frae me,
an the sweet sleep cams ower me,
I fear I sal be fang an spulyie tae bruit beasts."
Syne as he thocht it seemed this ploy wes better:
he gaed intil the shaw an fund near-haund the watter
a clear bit; whaur he courit doun ablo twa busses
that grew in the yae bit, yin thorn, yin olive.
The virr o the wat wund couldna blaw thro
nor the rays o the bricht suin strike
nor the scuds o rain brak in, sae thick
yin twined intil the tither. An thare Odysseus
hunkert doun an gaithert wi his haunds
a guid braid bed, for thare wes fouth o leaves
eneuch tae mak a bield for twa-thrie men
in winter time, houiver snell the wather.
An the muckle-tholin guid Odysseus saw it
an wes gled, an courit doun amang thaim,
bingin up the crynit leaves abune him.
An as a man derns a firebrand ablo the black greeshoch
in a lane fairm-toun, a bodie wha has nae neebors
tae hain a gleed, an no seek ither-whaur,
sae Odysseus bingt himsel wi leaves, an syne Athene

skailt sleep atour his brou, swith tae free him
frae his forwandert thowlessness, an shut his een.

(The while Odysseus sleeps, Athene in the guise o a lassie that Nausicaa weill kens, veisits her an speiks tae her in a dream, biddin her tak her claes doun tae the watter an waash thaim forenenst the howpe o a furthcomin waddin.)

An swippert cam the Dawin tae her braw throne
an waukent Nausicaa o the bonnie robes,
an straucht she ferlied et her dream an gaed
oot thro the hoose tae tell her parents,
an fund thaim baith in ben, her mither an dear faither.
The mither sate bi the hairth wi her sairvant-lasses,
spinnin the purpur yairn, an him she met on the thrashel,
gaun tae forgaither wi the michtie keings in cooncil
cryit thare bi the lairdlie Phaeacians,
an she stuid close tae her dear faither an said:
"Ma dear daddie, wull ye no ready for me
a heich cairt wi strang wheels

that I can tak for waashin doun tae the watter
thir clartie claes o mine that's liggin here?
An is't no richt that whan ye're ben the cooncil
ye sud aye hae the cleanest claes upo ye?
Forbye ye hae five sons that dwell in bye,
twa mairrit, but still thare's thrie yauld bacheleers
wha maun hae claes new-waasht on for tae dance;
o aa thir maitters I maun aye tak tent."
Sae she spak for she wes unco blate
tae speik o mirrie mairriage tae her faither:
but he kennt aa an spak til her an said:
"Cuddies I'll no begrudge ye or ocht else
ma lassie. Aff ye gae. The thrells sal get ye
a cairt wi strang wheels; a box on tap forbye."
He cryit the sclaves, an thay cam til his biddin.
Oot in the yaird thay graithed the cuddy-cairt,
brocht oot the mules an yokit thaim intilt:
an she brocht frae her chaumer the fine claes
an ladit thaim abuin the polisht cairt
an her mither brocht a kist o bonnie vivers
o ilka sort that warms a hungery painch,
an denties she pit in, an poort wine in a gaitskin
an the lassie sclimmt up on the cairt.
Her mither gied her tae, in a gowden flask, saft olive ile
for her an the lassies tae inunct themsels eftir the bath.
Than Nausicaa tuk the whup an the skinklin rynes
an gied a skelp tae stairt the cuddies;
an the mules claittert
an thay breenged on, an bure the claes an the quine.
Nor wes she on her lane, for the sairvant lasses cam tae.
Syne thay cam tae the bonnie burns o the watter

whaur stuid the aye-lipper waashin-bines
for fouth o skire watter scooshed up frae ablo
an poort atour tae waash the clartiest claes.
Thare thay lowsed the cuddies frae the cairt
an drave thaim alang the banks o the birlin watter
tae graze the hinnie sweet soukies
an frae the cairts heized in thair haunds the waashin
an brocht it doun tae the daurk watter,
an med o't a wicht gemm wi yin anither
tae tramp it in the trinches.
Nou whan thay had feenisht the waashin an
sined oot ilka tash
thay streikit thaim oot in raws alang the claddach
whaur the laundbrist's dunt had waasht
the paibles cleanest;
eftir thair bath thay slaistert themsels wi ile
an ett thair meal alang the watterside
the while the claes dried in the bricht sun's lowe.
Whan she an her lassies had thair fill o mait
thay threw aff thair curches an stairtit tae play et baa,
an white-airmed Nausicaa first gied the sang.
An as aircher Artemis gaes owre the crouns o the bens
alang the druims o laftie Teygetos or Eurymanthos
gled in the hunt o wild boars an the swuft deer,
an wi her sport the wild nymphs o the shaw,
dochters o tairge-bearin Zeus, an Leto is gled in hairt,
heich abune aa Artemis hauds her heid an brous
an is eithlie kent, tho bonnie are thay aa...
een sae shone the unwad lass amang her companie.
But whan Nausicaa bood tae gang hame
an gaed tae fauld the claes an yoke the mules,

the goddess, the bricht-eed Athene, tuk anither ploy
that Odysseus micht wauken tae see the braw-faced lass
wha wad tak him tae the ceitie o the Phaeacians.
Syne the princess caa'd the baa tae yin o her lasses
but och, the baa gaed bye her intil a deep swurl,
an thay aa gied a muckle skraich
an guidlie Odysseus waukent
an rase up, an thocht in hairt an mind:
"Wae's me! tae whitna laund o mortals hae I cam?
Are thay fell an wild an laaless?
Or guidwillie an godfearin in thair thochts?
Did I no hear lasses cry oot lik the nymphs
o the heich bens,
an the springs o watter an the girsie howms?
I maun be haurd bye fowk o human speik.
Weill nou, I maun juist see this for masel."
Syne guidlie Odysseus cam oot frae the bield o the buss
brakkin a leafy brainch frae the thick shaw
tae haud atour his bodie an dern his manlie graith.
An oot he cam lik tae a ben-bred lion
lippin tae his maucht
wha gaes oot intil the wundie onding
wi a lowe in's een intil the kye or sheep
or eftir the wild deer, an his wame gars him
lowp intil the weill-biggit fank eftir the flock.
Juist sae Odysseus wist tae gang
near the braw-haired lasses
nakit as he wes, for thare wes sair need on him.
But a richt fley he wes tae thair een,
aa clartit wi saut faem,
an feart, yin here, yin thare, thay fled alang the racks.

The dochter o Alcinous on her lane steyed still
for Athene med bauld her hairt an tuk fear frae her limbs.
She didna rin, but stuid forenenst him, an Odysseus
swithert gin he sud claisp the knees o the bonnie lass
an sae beseek her, or staundin thare abeich
fleitch her wi glib-moued wards, in howpe
that she micht shaw him the ceitie an gie him claes.
An he thocht til himsel twes best tae bide abeich
an syne beseek her wi saft-fleitchin wards,
sae she sudna be angert gin he claisped her knees,
an straucht he spak wi a gentie sleekit ward:
"I beseek ye, queen...goddess, or are ye mortal?
Shairlie a goddess o thir wha keep braid heivin ...
tae Artemis the dochter o michtie Zeus
I liken ye in beautie, form an gentrice...
but gin ye are yin o thae mortals that dwall on yird,
yir faither an wurdie mither are thrie times blissit...
an thrie times blissit yir brithers. Hou thair hairts
maun aye lowe wi pleisure watchin ye gang tae dance...
sae braw a flouer o maidens. But blissit mair
abune aa ithers, wha wuns ye by gifts o wooin,
an taks ye hame.
For man or wumman I hae never seen
a mortal lik yirsel; a ferlie tis tae me tae luk on ye.
Tho yince indeed I saw siclik a thing:
in Delos bi the altar o Apollo, up cam the sprig o a paum.
For yonder yince I gaed wi a tail o men
on the road whaur ma sair tribbles were tae be.
Nae maitter, whan I saw yon I wunnert in ma hairt
for never did sic a tree spring frae the yird.
An in sic a wey dae I wunner et yirsel, ma leddie,

an am feart for tae touch yir knees,
an sair tein hes cam on me.
Yestreen on the twintieth day I wan free
frae the wine-daurk sea,
whaur aye the snell wunds bure me until nou,
frae the island o Ogygia; an ma weird hes coost me here
sae I maun thole some ither ill. No yet
sal ma tribbles gang, for still sal the gods
mak monie anither hap.
But nou, queen, hae maircie, syne eftir monie mishanters
I cam first tae yirsel, an ken nocht o the ither fowk
that awn this ceitie an this laund.
Shaw me the ceitie an gie me a dud tae thraw aboot me
lik the cloot ye brocht doun here tae hap the waashin.
An may the gods gie ye aa yir hairt's wisses;
a guidman an a hame, twa hairts that stound as yin,
a guidlie gift, for nocht is graunder nor finer
than a man an wife wha gree in the yae hoose...
a stang tae faes an a pleisure tae thair freens...
nane ken it better nor themsels."
Syne Nausicaa o the white airms med repone:
"Streinger, syne ye seem nither an evil man nor daft
an tis Zeus the Olympian himsel that
gies a guid weird tae men
the guid an the ill, tae ilka man as he wull...
an tae ye he hes dootless gien this weird
that ye maun shairlie thole.
But nou ye hae cam tae oor ceitie an oor laund
an shalna gae athoot claes or athoot ocht else
that a sair-yaised bodie sud hae whan he comes oor wey.
I's shaw ye the ceitie an tell ye the name o the fowk:

The Phaeacians awn this laund
an I am the dochter o great-hairtit Alcinous
wha stells the micht and pouer o the Phaeacians."
Sae spak she, an cryit oot tae the braw-haired maids:
"Bide thare nou, lasses. Whit for dae ye flee
et the sicht o a man?
Ye shairlie dinna tak him for a fae?
The mortal man's no vieve, an disna breathe
wha comes as faeman tae Phaeacian laund
syne we are loed bi the immortals
an oor hame is happit by the birlin swaw,
faur aff, nae ither mortals are acquent wi us.
Na, this is a wanhappie traiveller that hes cam here.
Him we maun tent, for frae Zeus come aa
streingers an beggars, an a smaa gift is aye walcome.
Nou than, lasses, gie mait an drink tae the streinger
an waash him in the burn whaur tis beildit
frae the wund."
Sae she said, an thay bided still an cried yin til anither.
Syne thay brocht Odysseus tae a bieldit bit
as Nausicaa, dochter o great-hairtit Alcinous, tellt thaim.
Thay pit aside him a plaid and sark for claes,
gied him saft olive ile in a gowden pourie
an bade him waash in the burns o the watter.
Than guidlie Odysseus spak amang the lasses an said:
"Staund thare abeich, lasses, till by masel
I waash the saut frae ma shouthers an inunct masel wi ile,
for tis lang eneuch syne ile wes on ma skin,
but I'll no bathe amang ye, for I am shamit
tae gae bare-scud amang fair-heidit lasses."
Sae said he, an thay gaed awa an tellt the princess.

In river watter guidlie Odysseus waasht frae his skin,
the saut that stack tae his back an his braid shouthers
an frae his heid he dichtit the kell o the aye-steirin sea.
But whan he had waasht his haill bodie
an inuncted himsel wi ile
an pit on the claes that the virgin lass had brocht,
Athene, dochter o Zeus, med him mair yauld
an greater tae the sicht, an kinkit his hair
sae that the flauchts lokkert doun lik the hyacinth flouer.
An as whan a man smoors siller ower wi gowd,
a skeilie chiel wha Hephaestus an Pallas Athene
hae learit in aakin treds, an bonnie the wark he maks,
een sae the goddess med gentie his heid an shouthers.
Than he gaed aff an set doun on the shore o the sea
skinklin sae brawlie an gentie; an the lassie mairvelt
an spak tae her fair-heidit sairvant-lasses an said:
"Harken tae me nou, white-airmed lasses, for I wad speik.
It isna ootwith the tent o the gods wha haud Olympus
that this man hes cam amang the godlik Phaeacians.
He seemt tae mi a gallus tike afore,
but nou he is lik tae the gods wha haud braid heivin.
Wad that I had sic a chiel tae ma ain guidman,
tae dwall here an be cantie sae tae bide.
But nou than, lasses, gie mait an drink tae the streinger."
Sae said she, an thay tuk tent an did her biddin
an set mait and drink afore Odysseus.
Syne did the muckle-tholin guidlie Odysseus
eat an drink,
gey yaup, for he wes lang athoot a crote o mait.
Syne white-airmed Nausicaa had anither thocht.
She fauldit the claes an pit thaim on the bonnie cairt

an yokit the haurd-clootit cuddies an
sclimmt on the cairt hersel.
Syne she heized Odysseus on, an spak an said til him:
"Up wi ye nou, streinger, tae gang til the ceitie
sae I ma tak ye
tae the hoose o ma wyce faither, whaur, I tell ye
ye sal get tae ken the noblest o aa the Phaeacians.
But tak tent o me, for ye dinna want for mense:
as lang as we gang thro the parks an fairms o men,
gae swippert wi the lasses ahint the mules an the cairt
an I wull lead the wey.
But whan we come tae the ceitie, that hes
a muckle waa aboot it,
an a braw hine on baith sides o the toun
wi a nerra ingait, an the curvit ships draan up
alang the wey,
for aabodie has a stance thare for a ship;
an yonner is the close aboot the braw temple o Poseidon
furnist wi muckle stanes set doun in the yird;
an thare the men wark on the black ships' gear,
wi cabils an cannas an mak the spirlie air-bleds:
for the Phaeacians dinna lippen tae bou or quayvir,
but tae the mosts an airs o ships, for the bonnie veshels,
an joy in thaim whan thay traivel the grey sea;
it is thair coorse speik that I wad jouk,
syne eftirhaund
some yin micht lichtlie me, for thare are braisant fowk
amang the feck. An some coorse ouf micht say
gin he saa us:
Wha's yon wi Nausicaa...a yauld callant an braw,
an a streinger? Whaur did she finn him?

Has she gat hersel a man?
Has she gotten some wannert bodie aff a ship,
some fremit chiel, for thare's
nane that bide near haund...
or hes some lang-socht god cam doun frae heivin
an she's hae him for a guidman aa her days?
Better she's gat hersel a man frae fremit fowk...
for richt eneuch she aye luks doun her neb
et monie an gentie wooers o the Phaeacians!
Sae sal thay say, an that wad growe tae a repree tae me...
for I wad flyte on anither that did sic a thing.
an shame her dear faither an mither that's still vieve
tae mell wi men afore the richt waddin-day.
Nou, streinger, jist tak tent o whit I say, sae swippertlie
ye sal win frae ma faither convoy tae yir ain hame laund.
Ye's finn a braw grove o Athene haurd by the road,
a poplar shaw. Thare a spring wals up wi a meeda roon it.
Thare is ma faither's park an fouthie vineyaird
as faur frae the ceitie as a man's cry will cairry.
Sett yirsel doun thare an bide a wee, until oorsels
win tae the ceitie an ma faither's hoose.
But whan ye jalouse that we hae gotten hame
gang intil the ceitie o the Phaeacians an speir
whaur is the hoose o ma faither, gret-hairtit Alcinous.
A bairn micht shaw ye whaur tis, for tis eithlie kent
an the dwallins o the Phaeacians arena biggit
lik tae the hoose o the lairdlie Alcinous.
But whan ye hae cam intil the close an the coort
gang swippertlie ben intil the gret haa until ye come
tae ma mither wha setts in the ingle in the fire's lowe,
spinnin the sea-purpie threid, a ferlie tae see.

30 She leans on a pellar amang her sairvant-weemin,
an thare ma faither's throne tilts haurd-by hers
whauron he setts an sowps his wine, lik tae an immortal.
But gae bye him an claisp roun ma mither's knees
gin ye wad shuin see the mirrie day o yir retour
houiver faur ye hae cam.
Gin ye wun favour in her sicht,
ye's hae howpe tae see yir freens
an wun back tae yir weill-biggit hoose
in yir hame kintra."

(Odysseus wes med richt walcome in the hoose o Alcinous an the while he was thare tellt the coort o his wanchancie aunters; sae neist we hae the tale o his fecht wi the michtie etin, Polyphemus, wha had but the yae ee set atween his brous.)

THE MUCKLE YIN-EED ETIN

Swippert we cam til the cave but didna fin him ben;
for he wes hirdin his hirsel in the gress.
Sae ben gaed we, gantin et aathing thair;
kebbucks in ruskies roun an the cruives hotchin
wi gaits an kids, ilk swatch in its ain fank:
the hogs, the tups an aa the juist-yeaned yowes;
the weel-wrocht bines were lippen-fu o whey,
the crocks an luggies that he mulkit in.
Than ma freens spak tae me, aye fleitchin
tae lift the kebbucks straucht an tak the gait,
than lowse the kids an lambs frae oot thair fanks,
tak thaim in oor swuft ship owre the saut faem.
I tuk nae tent o thaim (twad hae been better faur)
but bydit on tae see yon ferlie chiel,
thenkin he micht gie me a hansel thare.
His comin brocht nae pleisure tae ma freens.

Than we kennelt the fire, pit up a prayer,

liftit the kebbucks oot an helpt oorsels
an waitit ben thare till himsel cam hame
hirdin his flocks an wi a michtie wecht
o kennlin fur tae licht him til his supper.
He coost it doun on the flair wi a muckle dunt
an, feart, we courit doun in a cave neuk.
His sonsie sheep he drave ben til the cavern
anent the mulkin, but the tups an gaits
he gart thaim byde oot in the scouthie coort.
He heized the doorstane up, a mauchtie craig,
an set it doun; a score an twa guid wains
wadna hae liftit yon clint aff the grunn,
siccan a scaur he drapped atour the door.
He hunkert doun an mulkt the yowes an mae-in gaits
ilk yin in turn an pit the yung tae sook
ablo ilk yowe. Syne lappert hauf the mulk,
gaithert it intil creels an pit it bye
an pit the lave in luggies fur tae drink
et supper-time. Eftir this busie daurg
he broddit the fire an keekt et us an said:
"Wha are ye than for streingers? Whaur cam frae
atour the wattery weys? Is it for tred
or aunter that ye rove, lik reivers owre the faem
et haizard o thair lives for skaith tae fremit men?"

Sae spak he an oor hairts athin oor kists
stoundit for fear o's voice an ugsomeness
but for aa that I up an answert him:
"Ken weel we are Achaeans cam frae Troy
skailt bi the wunds owre the muckle swallie o the sea;

seikin oor hames we hae cam anither gait,
bi ither weys et the wull an rede o Zeus;
we vou we are the men o Agamemnon,
gret son o Atreus, michtiest unner heivin,
sae muckle the ceitie, sae monie the fowk he smoort;
but we hae lichtit here an come tae beg,
gif ye wull gie us hansel, hoose an hauld,
the richt o streingers; tak tent o the gods,
for we are seikers, traivellers, an Zeus
is oor remeid, an ilka streinger's vengeance.

Sae said I an he answert frae his rewless hairt:
"Ye haena muckle mense, or ye hae cam gey faur,
wha tells me tae be feart or jouk the gods.
The clan o Cyclops pey nae heed tae Zeus,
Laird o the Tairge, nor tae the blissid gods,
for certes we are michtier faur nor thay.
I wadna, juist tae jouk the feid o Zeus,
spare ye, or onie o yir companie,
binna ma ain hairt steirt me tae the thocht.
But tell me whaur ye laid yir weel-wrocht ship
whan ye cam here; wes't et the isle's faur enn,
or nearhaun tae this cave? For I wad ken."
An wi sic wards he ticed but couldna fankle me;
wi sleekitness I gied a slee repone:
"Yird-duntin Poseidon dinged ma ship tae skelfs
an coost her wi the laundbrist on yir coast,
twes he that brocht her in ablo the mull

an the wund drave her in frae the sea
but I wi thir men joukit a sair weird."

Sae said I, but his fell hairt gied nae ward,
he lowpit up an raxt owre tae ma freens
an gruppit twa an dinged thaim on the grunn
lik whalps. The harns dreept doun an wat the yird.
He rivit thaim in dauds tae mak his mait
gollopt thaim lik a lion o the bens,
the haill thing, thairms an mait an smerghie banes.
An we grat, haudin up oor haunds tae Zeus
et sic ill deeds, an kent oor want o maucht.
Eftir he fullt his kyte wi human mait,
slockent wi caller mulk his muckle drouth,
he laid doun ben the cave aside the sheep.

I swithert in my saul gif I sud gang
an draa ma glaivie frae aside ma hainch
tae strike his kist whaur the nile derns the lever,
seekin the bit wi ma haund, but I thocht again;
we wad hae dee'd richt thare o a grugous daith,
syne we couldna rowe awa frae the heich door
the muckle stane that he had pitten thare.
Sae thare we bydit, murnin til day's daw.

Nou whan the airlie dawin cam, the rosie-fingert,
he kennelt the fire yince mair an eidentlie

he mulkit his braw flocks, a lamb ablo ilk yowe,
an whan he'd duin his daurg, he yokit on twa mair
an hud thaim for his denner. Eftir yon,
lichtlie he rowed awa the muckle stane
an drave his bonnie hirsel frae the cave,
an eftir set it in the bit again,
as yin micht pit the brod upon a quayver.
Than wi a yelloch he drave his sheep tae the hull,
an lea'd me yonder drauchtin ill in ma hairt,
tae finn some wey that I micht quat me
an get for me gret glorie frae Athene.

An this wes the rede that shawed best in ma sicht:
thare bi the fank wes the Etin's muckle club,
a michtie clog o olive wuid, still green,
that he had sneddit tae cairry whan twes dry;
nou whan we saa it we evened its meisure tae
the most o a bleck ship o twintie airs,
a treddin-ship that sails the mairchless deep,
sae mauchtie wes it baith in lenth an bouk;
I gaed an sneddit aff a faddom's lenth;
than set it bi ma feres an bade thaim scart it doun;
syne I gaed owre, sherpent it tae a pynt,
than straucht I hardent it in the bricht fire.
I derned it weill awa ablo the sharn
that wes skailed aboot in bings faur ben the cave,
an bade the companie thay sud draa straes
tae finn whilk yin sud aunter thare wi me,
tae heize yon stang an tirl it in his ee

whan sweet sleep cam owre him; the scodgie fell
on the fower chiels I wad masel hae walit.

Back he cam in the gloamin, hirdin his fleeshie flocks
an drave thaim every yin intil the cave;
nae singil yin steyed oot in the scouthie coort,
some weird o saicont sicht, or some god bade him sae.
Than up yince mair he heized the muckle stane
an pit it doun forenenst the cavern's mooth;
set doun tae mulk the yowes an mae-in gaits
while in ablo ilk yowe he pit her yung.
An than, whan eidentlie his wark wes duin
he yokit on twa mair tae mak his supper.
Than stuid I bi the Etin an spak tae him,
haudin daurk wine up in an eevie bowle:
"Cyclops, tak wine eftir yir man's-flesh denner
sae ye may ken the drink frae oor ship's lade.
I brocht it tae ye for a guidwillie-waught,
that ye micht peetie me an senn me hame,
but bye aa tholin is yir anger nou;
whit yin o men wull come tae veesit ye
nou yir fell deeds hae been ayont the laa?"
Sae spak I an he shuin tuk aff his dram,
an wes fell delichtit sowpin the sweet draucht,
an askit for it yit a saicont time:
"Gie mi anither tass wi a guid hairt
an tell me whit thay caa ye straucht awa,
sae I wull gie tae ye a streinger's gift.
Corn-growin yird bears for the Cyclops tae
the michtie bobs o grapes, an Zeus's rain

aye swalls the fruit, but naething lik tae this...
a linn o nectar and ambrosia."
Sae said he, an I gied him the daurk wine.
Three times I poort it oot an gied it him:
three times he daftly drank it tae the lees.
Nou whan the wine had smoort oot aa his mense,
I fleitched awa et him wi soople wards:
"Cyclops, ye ask ma name an I will tell
sae ye may gie tae me a hansel nou,
jist lik ye said. Ma name is Naebodie,
I'm Naebodie tae faither, mither, kin."
An straucht he tellt me frae his wickit hairt:
"I sal eat Naebodie eftir aa his freens...
an aa the ithers first, for gift tae him."
An than he fell doun wi his face abune,
an laid there wi his muckle hause bent roun,
an sleep, that bates aa men, cam owre him than,
an wine an bittocks o men's mait cam frae his mou,
an syne he wes sae fou, boakit up the wine.
Ablo the greeshoch than I stack the stang,
an held it doun until it sud growe het,
an fleitched ma freens wi bien an couthie wards
sae that thay wadna staund abeich in fear
an whan the stang o wuid gey near tuk flame,
green as it wes, an gied an ugsome lowe,
furrit cam I an heized it frae the gleeds
an roon the ithers gaithert; some god gied us hairt;
thay aa raxt oot, gruppit the olive-stang
shairp et the pynt, an thrist it in his ee,
while I abune him tirlt it roun aboot
as a man bures a ship's plank wi a dreel,

while aa the ithers birl it wi a bowe
haudin it bi ilk enn, while roun the wummle spins.
Sae did we birl yon stab roon in his ee
until on the het stang the bluid ran doun.
The flame's rid lowe birsilt his lids an brous,
the aipple o his ee wes brunt awa,
an aa his een-ruits crunkled in the fire.
Lik whan a smith smoors oot a lowin eetch or aix,
in cauldest watter wi a muckle fizz
syne frae sic smoorin comes the virr o airn,
sae hisst his ee aroon the olive stang.
An than he yellocht oot a fearsome skraich
sae the lang echoes dirled atour the craig,
an feart we ran awa while he pluckt oot
the slockened stob frae oot his bluidie ee.
Clean gyte wi pyne he heized it oot an cried
tae aa the etins on yon wundie heichts.
An shuin thay gaithert up frae aa the airts
forenenst the cave an speirt him whit wes wrang.
"Whit's grupt ye, Polyphemus, cryin oot,
tae keep us waukent aa the undeein nicht?
Shairlie nae mortal reives against yir wull,
shairlie nane slays ye nou wi virr or skeil?"
Than the strang Etin spak thaim frae the cave:
"Freens, Naebodie slays me nou bi sleekitness,
an no bi onie maucht." Thay spak him back:
"Gin naebodie duis ye herm thare on yir lane
ye maun hae taen some smitt frae michtie Zeus.
Pray tae yir faither, michtie Laird Poseidon."
Sae spak thay an depairtit an ma hairt
laucht tae ken hou ma cantrips had begowked thaim.

The Etin graned and girned wi pyne, and graiped
an heized awa the stane frae the cavern door...
sate in the ootgait wi airms streikit wide
tae finn if onie gaed oot wi his sheep,
siccan a gowk he thocht me in his hairt.
But I socht roon hou I micht best win oot
tae jouk daith for masel an for ma freens
an thocht on aakin jinks an skeelie cantrips,
as men wull for thair lives whan skaith's near haund.
This wes the coonsel best cam tae ma sicht:
The tups o the flock were fleeshie an weill fed,
richt strang an yauld, cled in the daurkest woo.
Quaitly I bund thaim thegither wi twustit widdies,
frae whaur the Etin slept, the ugsome gyre.
I tied thaim three abreid; the middle yin
wad bear a man, the ither twa gang tuim,
tae sauve ma feres; tae thrie sheep ilka man.
But as for me, I gruppit a yung tup,
strangest an best o aa the Etin's flock,
an courit doon ablo his shaggie kyte
tae haud on heels-owre-gowdie in his fleesh,
stellin ma hairt. An sae wi monie a sich
we tholed the nicht until the skyrie dawin.

As shuin as dawn cam furth, the rosie-fingert,
oot gaed the tups tae gress but the unmulkit yowes
maed roon the cruives, thair uthers lik tae brust.

Thair maister, smit wi pyne, felt doun thair backs,
owre glaikit tae jalouse ma men were bund
ablo the briskets o his fleeshie flocks.
But lest o aa cam forth the muckle tup
wechtit wi woo, masel an aa ma sleekitness.
Strang Polyphemus pit his haunds on him,
an said: "Guid tup, why are ye lest the day
that aye wes first tae gang oot frae the cave,
o aa the flock? For ye were never taigled
ahint the sheep, but aye were first tae bite
the saft blume o the gress, rinnin wi lang lowps
an aye the first tae cam tae the watter-side,
the first tae wearie tae gang hame et nicht;
but nou ye're hinmaist, murnin yir maister's ee,
blinnt bi an evil man wi his cursit freens,
Naebodie, whan he had smoort ma hairns wi wine,
aye, Naebodie, wha hesna wun oot yet.
Och, gin ye felt lik me, an ye cud speak,
tae tell me whaur he is an jouks ma tein;
he wad be dingit doun an here an yon
his duntit hairns be skailt aboot the cave,
an ma hairt lichtit o the dule that Naebodie,
yon chiel o naething wirth, brocht here tae me."
An than he gart the tup gae furth frae him,
an shuin's he'd gane a wee bit frae the cave,
oot tae the close, I lowsed masel frae him,
lowsed ma feres tae an drave the swankin sheep,
sae fu o creesh, an aften lukkt ahint,
till we cam til the ship. A gledsome sicht
oor fellows thocht us that had joukit daith,
but aa the lave thay wad hae murned wi tears

till I, wi glowrin broos, forbade ilk man.
I tellt thaim pit aboard the fleeshie sheep,
an sail wi thaim atour the saut sea watter.
Sae thay tuk ship, an sate doun on the binks
duntin the grey sea watter wi thair airs;
but whan I hadna gane faur oot o hail,
I flytit on the etin wi mockrife wards:
"Cyclops, nae sharger wes yon man whase freens
ye chaise tae swalla in yon cavern's howe
wi bruitlik maucht; yon evil deeds
on thy ain cruel heid maun shairlie faa;
tae eat yir guests settin in yir ain hoose...
Zeus an the ither gods hae venged themsels on ye."

Sae said I an mair angert wes his hairt
an he brak aff the pyke o a gret hull,
an flung it et us sae that it fell doun
afore oor daurk-proued ship; an the sea lowped
ablo the faa o the craig; the sook-back o the wave
bure the ship swippert landarts an drave it tae the shore,
but I gruppit a lang pole an heized us aff the laund
an bade the companie pu on thair oars,
that we micht wun oot frae yon evil aunter.

(But Polyphemus pit up a prayer tae his faither Poseidon, that he micht caa doun a curse on Odysseus: that he micht niver wun hame, but gin he did, it sud be athoot his feres, in a streinge veshel, an that he sud hae muckle wae in his hoose. An ye's see whit happed gin ye read on.)

THE GYRE-CARLIN

Than in twa baunds I nummert ma weill-graithed feres
an med a heid yin ower ilka baund;
owre yin masel, the tither, guid Eurylochus.
Syne straucht we rummilt lots in a bress helmet.
Muckle-hairtit Eurylochus bure the gree
sae dulesome aff he gaed wi yin an twintie freens;
an thay left us ahint wi muckle mane.
In birky glens thay fund the hoose o Circe,
biggit wi glaizie stanes in a braid-vizzied bit,
an roond it oofs an lions o the heich bens,
that she had beglaumert wi monie a wickit bane.
Thay didna breenge for aa that et ma men
but loupit up an foonged an shak thair tails.
As on's retour frae a feast dugs flether thair maister
for aye he taks thaim sunkets tae keep thaim quait.
Sae the strang-clautit oofs an lions foonged aboot thaim,
but thay were feart tae see thir dreidsome beasts.
Thay stuid in the yetts o the goddess o gowden hair
an ben thay heard the sweet-voiced Circe sing
afore an immortal wab, gaen up an doun,
the daurg o goddesses, fine in the wuif an braw.
Than spak Polites amang thaim, chief o men,

maist dear tae me o freens, o feres maist siccar:
"Freens, yin gaes back an furth afore a wab,
sae sweetlie singin that the haill flair echoes,
a goddess or a wumman; c'wa an we'll speak her straucht."
An sae he spak an thay cried oot an caa'd tae her;
an in a crack she cam an opened the bricht dures,
an cried thaim ben, an ben lik gowks thay gaed.
But Eurylochus jaloused a girn an bidit back.
She brocht thaim ben, sate thaim on binks an chairs
wi kebbuck, bere, gowd hinnie, Pramnian wine;
syne in the mait she melled sic banefu drogs
as mak thaim aye forleit thair native laund.
Whan she'd gien thaim the dram an thay hed taen it aff
she skelpt thaim wi her wand an keppit thaim in styes;
an syne thay hed the heids and vyce and birse
an set o swine, but thair hairns as thay were afore
an thare were keppit greitin, an Circe gied til thaim
aiknits an mast an the fruict o the cornel-tree,
sic mait as the grunn-scartin grumphies yaise.

But straucht cam Eurylochus tae the swuft black ship
an tellt us o his feres an thair ugsome weird,
an scarce cud he tell a ward for aa his wiss,
his hairt syne fullt wi wae, an in his een
the tears were soomin, his mynd sair wi teen,
sae that we ferlied thare an speired et him,
an syne he tellt us o oor freens' mishanter.
" Jist as ye bade us we gaed thro the shaw,
nobil Odysseus, an doon the glens

we fund a meikle hoose o glaizie stanes
wi a braid vizzie in a bonnie airt.
An thare afore a braid wab, back an forrit,
some yin wes singin oot in a clair vyce,
goddess or wumman, an thay cryit oot
an caa't alood tae her an oot she cam
an opened the bricht yetts an caa't thaim ben.
An glaikit, ben thay went, athoot masel,
for I jaloused thay wad be fankilt thare.
Syne thay sauntit thegither an didna kythe again
tho lang eneuch I bydit tentie thare."
Sae he spak; an syne ma siller-studdit glaive
o wechtie bronze I coost aboot ma shouthers
an slung ma bow an bade him tak me thare,
the selsame gait, but he wi baith his haunds
gruppit me roun ma knees; wi muckle mane
besocht me than in speik o wingit wards:
"O dinna tak me, fosterson o Zeus,
against ma wull, but lea me tae byde here,
for fine I ken that ye sal ne'er win back
yersel nor ony ither o yir feres.
But wi the lave here, lat us swippert flee
an howpe that we ma jouk the dowie day."
Sae spak he, and til him I made repone:
"Eurylochus, ye maun bide here gin ye wull
tae eat an drink aside the boss black ship;
but I maun gang, for maun-be liggs upo me."
Thus said I, an gaed up frae ship an sea.
But whan I gaed oot thro thon haulie glens
afore I cam upo the muckle hoose
o yon drog-skeelie Circe, thare I met

wi Hermes o the gowden wand forenenst the hoose,
lik tae a halflin wi the first oos on's lip,
the brawest time o youth's fair glamourie.
He tuk ma haund in his an spak til me:
"Whaur awa nou, wanchancie man, upo yir lane,
nocht kennin o the kintra, thro thir hills?
See whaur yir feres bide in yon Circe's hoose
ticht keppit in cruives lik swine an ye wad gang
tae lowse thaim? Weel, I say
ye'll no win back but bide here wi the lave.
But I sal lowse ye frae skaith an hain ye.
Nou, gang tae Circe's howff but tak this dochtie saw
that weirs aff frae yir heid the dowie day,
an Circe's cantrips I'll tell owre tae ye.
She'll mell a dram for ye an pit drogs in yir mait,
yet sal she no beglamour ye for I'll gie ye a saw
that wullna thole it, an I's wise ye weill.
Whan Circe skelps et ye wi her lang wand
draa yir shairp glaivie frae aside yir hainch
an lowp et her as if ye'd tak her life,
an feart o ye she'll bid ye bed wi her.
An dinna eftir yon fail tae skep in wi her
sae she wull lowse yir freens an plenish ye.
But mak her sweir an aith bi the blissid gods,
that she'll no ettle et some ither ploy
tae hairm ye whan she hes ye thare bare-nakit
an mak o ye a couard athoot manheid."
Sae said Argeiphontes, gien tae me the plant,
pouin it frae the yird an shawin tae me its naitur:
its ruit wes black, its flouer lik tae mulk.
Moly it is cryit bi the gods

an sair it is for mortal men tae howk,
but tae the gods aathing is possible.
Hermes gaed aff syne up tae heich Olympus
atour the wuidie isle, an I tae Circe's hoose
an thocht on monie daurk things in ma hairt.
Syne stuid I et the yetts o the goddess o gowden hair
an cried oot tae her an she haird ma voice;
furth cam she, opened the bricht doors
an cried me ben, sair tribblit in ma hairt.
She tuk me in an sett me on a siller-studdit chair,
an in ablo, a creepie for ma feet.
She poored for me a dram in a gowden quaich,
that I micht drink, an pit a drog intilt,
ettlin et some ill ploy athin her hairt.
but whan I'd taen an drunk an wesna beglamourt,
she clourt me wi her wand an spak an said:
"Aff nou than tae the cray an jine yir freens."
Quo she; but I drew the shairp glaivie frae ma thie,
an loupit et her juist as if tae kill;
she skellocht, ran ablo an claucht ma knees,
an girnin lood she spak heich-fleein wards:
"Wha are ye for a man, an whaurfrae cam ye here?
Whaur is yir toun, an whit yir auncestrie?
A ferlie 'tis tae tak aff skaithless
sae fell a dram, for thare's nae ither chiel
hes tholed it, yince it hes gaen owre his thrapple.
The hairt athin thy breist's no eith begowkt.
I'm shair that ye maun be Odysseus,
the man o monie ploys. I wes aye tellt
bi Argeiphontes o the gowden wand
that he wad cam here on his swuft black ship

gaun hame frae Troy. But nou, pit back yir glaive
intil its sheath an come ye tae ma bed,
that jyned in luve we lippen tae yin anither."
An sae she spak but I reponed an said:
"Hou, Circe, can ye bid me tae be douce
whan aa ma feres here ye hae turnt tae swine
an fleitch me tae gang up intil yir chaumer,
sleekitlie ettlin tae twine me o ma virr
an manheid whan ye hae me strippit nakit?
Na, na, ye'll no get me intil yir bed
gin ye'll no sweir tae me a mauchtie aith
that ye'll no ettle ploys tae dae me skaith."
Sae I reponed and straucht she swure the aith
jist as I bid, an brocht it tae an enn;
then straucht I gaed tae Circe's bonnie bed.
Fower sairvant-lasses wrocht athin the haas,
thrang in the hoose syne, bairns o the wals an glens
an haulie watters that rin doun tae the sea.
Yin o thaim spreid the sates wi a linsey brat
an ower the tap pit bonnie purpie plaids;
anither brocht siller boords forenenst the chairs
an on the brods she set oot gowden skeps.
The third melled hinnied wine in a siller bowle
an sairved oot gowden tasses.
Syne the foorth brocht watter up an het it in a bine,
an whan the watter byled in the bricht bronze
pit me intil a bath an doukit me
wi watter frae the bine doun on ma heid an shouthers,
washt the bane-sairness frae forfochen limbs.
Whan she had washt me an anointit me wi ile
an coost aboot me a braw plaid an coatie,

she brocht me tae the haa an set me doun,
upo a siller-studdit chair, a bonnie graven chair,
an in ablo a creepie for ma feet.
A sairvant-lass brocht watter for ma haunds
in a braw gowden joug, an poort it oot
intil a siller bine for me tae wash,
an tae ma side brocht up a polished boord.
An the douce hooswife brocht an set doun breid,
an monie kinds o kitchen freely gien,
syne tellt me eat, but ma hairt wesna in't,
but fasht wi ither thochts that bodit ill.
Nou whan she saw me sett an didna rax
ma haunds oot tae the mait, sae sair in hairt wes I,
she stuid forenenst me wi heich-fleein wards:
" Whit fur dae ye sett lik a man withooten speik,
eatin yir hairt insteid o bite an sup?
Dae ye fear some ither cantrip? Niver fear,
syne I hae sworn tae ye a michtie aith
that I sal nae mair ettle et yir skaith."
Sae spak she, an I gied repone and said:
"Circe, is thare a man o honest hairt
himsel micht bide tae taste o pick or sowp
afore he lowsed his freens, saw thaim afore his een?
Gin ye'd hae me eat an drink nou, lowse ma marrows
sae I ma see thaim here afore ma een."
Sae spak I, an Circe went oot thro the haa,
haudin her wand in her nieve, an opent up the cray,
an drave thaim lik grumphies, nine year auld.
An sae thay stuid forenenst her, an thro the hird she gaed
smairgin ilk craiter wi anither saw.
Than frae thair hochs the birsles drapt awa,

that had been pit thair bi yon deidlie pushion
that leddie Circe gied thaim in the first.
An thay were men again but yunger
nor thay had been afore,
an brawer faur an stalworth for tae see.
An thay kent me an grippit on ma luifs,
ilk yin, an waefu wes the lood lament,
that dirlt oot thro the haa sae she hersel
wes straucht owrecam wi peitie.
Syne the bonnie goddess cam forenenst me an said:
"Son o Laertes, bairn o Zeus, Odysseus o monie ploys,
gae nou tae the swuft ship an the shore o the sea,
straucht heize the ship upo the laund an stowe
yir gear an yir taikle in the caves;
syne come ye back an aa yir leal marrows."
Sae spak she an ma ain prood hairt agree'd wi't.
Aff gaed I doun tae the swippert ship an
the shore o the sea,
an fun ma leal marrows greetin sair wi muckle
tears bi the swuft ship.
As ferm-cauves rin tae meet the draves o kye
retourin tae the byre eftir thay are full o gress,
aye bellochin thay flisk aboot thair mithers
whan the faulds nae mair can haud thaim,
sae thir men, shuin as thair een fell on me,
cam thrang aboot me greetin. Twes tae thair hairts as if
thay had wun tae thair ain kintra an the verra ceitie
o ramstougar Ithaka, whaur thay were born an bred.
An greetin sair thay spak heich-fleein wards:
"At yir retour, o bairn o Zeus, we are as gled
as gin we'd wan tae Ithaka, oor cauf-kintra;

but tell us nou o oor marrows an thair doom."
Sae spak thay an I saftlie made repone:
"Straucht lat us heize the ship upo the shore,
an stowe oor gear an taikle in the caves.
Syne steir yirsels, the haill clanjamphrie o ye,
tae gae wi me tae Circe's santit haa
an see yir marrows et thair bite an sup,
for thay hae fouth o't thare."
Sae spak I an thay tuk tent o ma wards.
Eurylochus alane wad hae taigled thaim thare.
He spak, an said til thaim in heich-fleein wards:
"Och, wratchit yins, whaur are we gaun?
Why is't ye are sae thirlt tae aa thir dules
as tae gae doun tae Circe's hoose,
wha'll cheinge us aa tae swine or oofs or lions
an shairlie gar us gaird her mauchtie hoose?
Sic skaith the Cyclops wrocht athin his fank
whan oor freens gaed intilt,
an wi thaim gaed yon daft Odysseus,
an owre the heid o's folie thay were tint."
Sae said he, an I wrastled in ma hairt,
gin I sud draa ma glaivie frae ma thie,
an caa the heid aff him, an rowe it in the stour,
guid-brither tae me as he wes an aa.
But yin bi yin my marrows weirt me aff
wi cannie wards. "O bairn o Zeus, this man
we'll lea ahint tae bide here bi the ship,
tae gaird the veshel gin yon be yir wull,
but tak us aa tae the haulie hoose o Circe."
Sae said thay an gaed up frae the ship an the sea.
But we didna lea Eurylochus bi the nerra ship,

for he gaed wi us, gey feart o ma sair tairgin.
Maintim Circe in her haas wi kindlie tent
waasht the lave o ma freens an spairgit thaim wi ile,
an coost aboot thaim muckle plaids an coats.
We funn thaim dinin weill athin the haas,
an whan thay kennt yin anither, face ti face,
thay yowled an grat sae that the haill hoose dirled.
Than the braw goddess cam up til me an spak:
"Suin o Laertes, bairn o Zeus, Odysseus
o the monie ploys,
dinna nou be the cause o sae muckle greetin;
fine I ken mysel o the ills ye tholed
awa oot yonner on the fushie sea
an the fell wrangs duin tae ye upo the laund
bi cruel men.
Och, sett an eat, an tak yir full o wine
till ye hae speirit in yir hairts again,
as twes whan first ye lea'd yir mitherlaund
o craigie Ithaka. For nou, wabbit an wearie,
aye thinkin on yir dowie traivelins,
yir hairts are never mirrie, syne muckle ye hae tholit."

Sae spak she, an oor lairdlie hairts agreed.
An thair day eftir day for a haill year,
on fouth o flesh we feastit an sweet wine
but whan a year wes gane an the seasons had rowed by,
as the months cryned an the lang days streikit oot,
my leal marrows cried me furth an said:
"Guid sir, tis time ye myndit on yir mitherlaund
gin tis yir weird tae be sauvit
an wun tae yir laftie hoose an yir native hame."

Sae spak thay, an ma prood hairt agreed wi thaim.

Syne aa the leelang day til set o suin
on fouth o flesh we feastit an sweet wine
but whan the suin gaed doun an the daurkness cam
thay liggit doun thro the sheddat haas tae sleep ,
but I gaed up tae Circe's bonnie bed
an besook her et her knees, an the goddess heard me oot,
as I spak an priggit in heich-fleein wards:
"Circe, mak guid for me the promise nou
tae senn me hame, for ma hairt wearies tae gae,
an the speirit o ma marrows braks ma hairt
as thay sett beside me murnin whan ye're no by."
Sae I said, an the bonnie goddess spak an med repone:
"Suin o Laertes, bairn o Zeus, Odysseus
o the monie ploys,
byde ye nae langer sweir athin ma hoose;
first aff tho ye maun gang anither gait
an wun tae the hoose o Hades an dreid Persephone
tae finn the ghaist o Tiresias o Thebes
the blinn spaeman whase harns still siccar bide.
Tae him in daith Persephone gies mense
that wicelik he sud be alane but aa
the ither sauls lik sheddas flisk aboot."
Sae spak she, an ma hairt wes stoundit sair
an thare I sett an grat upo the bed, nor had ma saul
the wiss tae lieve an see the glentin suin,
but whan I'd grat an wammelt thare eneuch,
I gied til her repone an spak til her:
"Och, Circe, wha wull airt us on this gait?
Wha wuns tae the nether laund in a black ship?"

THE GHAISTS

But whan we had cam doun tae the ship an the sea
et the ootset we harled the ship doun
            tae the bricht saut watter
an stellt the most an sails in the black ship
an tuk the sheep an stowed thaim in, an then oorsels
sclimmt on, greetin an sheddin monie tears.
An be-eft o oor daurk-beuched birlinn
she sent a fair sail-fullin wund, a guid convoy,
yon Circe o the plaited tresses, dreid
            goddess o human speik.
An thro the ship we reddit aa the graith
an sate doun, an the wund an the helmsman
            drave her straucht
an the leelang day the sails were streikit as
            she plewed the sea
an the suin gaed doun an a the weys grew daurk.

She cam tae the mairches o the warld,
            deep-rinnan Oceanus.
Yonner is the kintra an ceitie o the Cimmerians,
dernit in mirk an cloud, an niver on thaim

daes the sklents o the bricht suin lowe doun,
no whan he sclimms the staurrie lift,
or whan he retours again tae yird frae heivin,
but ugsome nicht is skailt ower dowie mortals.
Thare we cam an ran the ship agrunn an tuk the sheep,
an oorsels gaed alang the burn o Oceanus
till we cam til the bit that Circe had tellt tae us.
Thare Perimedes an Eurylochus gruppit the victims
an I ruggit the shairp glaivie frae ma thie
an howked a sheuch a cubit lang this wey an yon,
an poored a dram tae the deid:
first mulk an hinnie, than sweet wine
an a thrid time wi watter an skailt white meal abreid.
An I pit up strang prayers tae the thieveless
heids o the deid,
vouin that whan I wan hame tae Ithaca
I wad offer a yeld quey, the best I awned,
an lade the pyre wi treisures,
an abeich tae Teiresias alane I wad sacrifice
a haill-black tup, the brawest o ma hirsel.
But whan wi vous an prayers I had threipit on
tae the clans o the deid, I tuk the sheep
an snibbit thair thrapples ower the sheuch,
an the black bluid tuimt oot. An thay gaithert thare,
the ghaists o the deid an depairtit,
brides an unmairrit halflins an auld lang-tholin men,
nesh lassies wi hairts new-brokken,
monie skaitht wi the bronze-pyntit spear,
the men slain in fecht weirin thair bluidie graith.
An thay aa cam roun the sheuch frae ilka bit
wi an eldrich skraich sae gash fear gruppit me.

I yellocht tae ma feres an tellt thaim tae tak the sheep
that liggit thare deid, slain wi the cruel glaivie,
an flype an burn thaim an mak a prayer tae the gods,
tae michtie Hades an tae dreid Persephone.
An I masel raxt ma shairp glaive frae ma thie
an wadna lat the thieveless pows o the deid
cam near tae the bluid, afore I had speirt et Teiresias.
The first tae come wes the ghaist o ma fere Elpenor
wha hadna syne been lairt ablo the braid-weyed grunn
for we lea'd his corp back yonner in Circe's haa,
athoot greetin or yirdin, for anither daurg proggit us on.
As shuin's I saa him I grat an in ma hairt peitied him
an I spak tae him an said in heich-fleein wards:
"Elpenor, hou did ye come intil this mirkie daurk?
Ye hae cam mair speedilie nor me in ma black ship."
Sae I said, an he gied a grane an answered me:
"Skeilie Odysseus mac Laertes, god-begotten,
an ill weird wes mine frae some spreit,
an ower muckle wine.
Whan I lay doun tae sleep in Circe's hoose
I never thocht tae come doun on the lang ledder
but fell straucht doun frae the ruif, an ma craig
wes twined frae ma rigbane an doun ma saul gaed
tae the hoose o Hades, an nou I beseek ye
bi thaim et hame, wha arna here wi us,
bi yir wife, an yir faither wha reared ye frae a bairn
an yir yae suin, Telemachus left in yir hauld;
for I ken that eftir ye gang frae this hoose o Hades
ye's veesit the Aeaean isle in yir weill-wrocht ship.
An syne, ma laird, I trist ye's hae mind o me:
dinna gae aff an lea me wantin a lair or a murnin,

or turn awa frae me, for I micht bring
the rage o the gods on ye.
Na, burn me wi ma graith, aathing that's mine,
an mak a cairn tae me on the shore o the grey sea,
tae a sair-hairtit man, sae men unborn sal ken o me.
Dae this for me, an pit on the cairn the air
that I rowed wi whan I wes vieve amang ma feres."
Sae he spak, an I med repone an said:
"Aa this, puir chiel, I sal shairlie dae for ye."
An sae we sate in dule, tovin yin til the tither,
on the yae side haudin ma glaivie ower the bluid,
on the ither the ghaist o ma fere gied me his tronie.
Than cam the spreit o ma deid mither,
Anticleia, dochter o gret-hairtit Autolycus,
that wes vieve whan I gaed aff tae haulie Ilios.
Et the sicht o her I grat, an ma hairt had peitie on her,
but for aa ma dule I wadna lat her near the bluid
till first aff I had speirt et Teiresias.
Syne thare cam ben the ghaist o Theban Teiresias,
cairryin his gowden staff, an he kent me an spak:
"Skeilie Odysseus mac Laertes, god-begotten,
whit nou, wanchancie man? Whit for gang
frae the suin's licht
an come here tae see the deid in a dowie laund?
But haud aff frae yon sheuch, pit yir shairp bled bye,
sae I can drink the bluid an tell ye truith."

Sae spak he, an I drew back an thrist
ma siller-heftit glaive intil its scawbart,
an whan he had drunk the daurk bluid

syne the wurdie seer spak tae me an said:
"Nobil Odysseus, ye speir anent yir
hinnie-sweet hamecomin
but a god sal mak this a sair fecht for ye, for I misdoot
that ye sal jouk the yird-shakker, wi umrage in his hairt,
an teen that ye blint the Etin, his dear suin.
Een sae, ye micht juist wun hame, tho in a dowie plicht,
gin ye counger yir ain speirit an that o yir feres
as shuin as ye bring yir weill-wrocht ship
til the isle o Thrinacia joukin the daurk-bew deep
an finn thare et gress the kye an guidlie flocks
o Helios wha sees an hears aathing.
Gin ye dinnae hairm thaim an think on yir wunnin hame
for aa yir sair case ye micht yit come tae Ithaca.
But gin ye dinna lat thaim be, syne I can
see muckle skaith
baith tae yir ship an yir feres. An gin ye wun oot alane,
ye's wun hame late an in a sair case, lossin aa yir feres,
in the ship o anither tae finn a waesome hoose –
crouse birkies gizzlin doun yir leivin,
wooin yir guidlie wife an gien her coortin gifts.
Whan ye get hame ye's get fitsides wi
thair coorse ongauns.
But eftir ye've slain thaim in yir haa,
ither wi swickerie or fairlie wi the shairp bronze,
syne gae oot cairryin a weill-wrocht air
till ye come tae men that ken nocht o the sea;
wha dinna eat mait that's aa slaistert wi saut,
an ken naethin o ships wi purpie-pentit strakes
or the weill-wrocht airs that are the wings o ships.
An I sal tell ye a maist plenn kenmark, that ye canna miss.

Whan anither traiveller meets wi ye an says
that ye're cairryin a flail on yir yauld shouther,
syne dird intil the yird yir weill-wrocht air;
an mak guidlie offerins tae the laird Poseidon,
a tup an a bull an a boar that munts sous;
set aff for yir hame an gie haulie hecatombs
tae the undeein gods that haud braid heivin,
ilk yin in richt order. Daith sal come tae ye
frae oot the sea,
a couthie daith that sal caa ye doun,
owercam wi bien eild, an yir kin aboot ye
weill-daein. Nou hae I tellt ye truith."

Sae spak he an I med repone an said:
"Teiresias, thir threids the gods thaimsels hae spun.
But say ye tae me nou an tell the truith.
Here I see the ghaist o ma deid mither;
quaitlie she setts yonner near-haund the bluid,
an tae her suin
she daesna deign tae speik or luk him in the face.
Prince, hou sal she yince mair ken that I am he?"

Sae spak I an straucht he med repone an said:
"I sal gie ye an eith ward tae tent in yir mind.
Thir yins o the deid that ye suffer tae draa near
the bluid wull syne tell tae ye the truith,
but the yins ye kepp awa wull shuin weir aff."

Sae sayin back intil the hoose o Hades gaed the ghaist
o the prince Teiresias whan he had spaed ma weird

but I stuid bauldlie thare until ma mither
cam up an drank the daurk bluid, an kent me
an grat an spak tae me heich-fleein wards:
"Ma bairn, hou cam ye tae thir mirkie sheddas
alive? Haurd it is for the leivin tae behaud
this kinrik atween braid watters an deidlie burns;
first Oceanus that canna be got ower
afuit, but alane bi yin on a weill-wrocht ship.
Nou eftir traivels frae Troy hae ye cam here
in a ship wi yir feres eftir a lang while, an haena wun
tae Ithaca, or seen yir wife in yir haas?"

Sae spak she an I med repone an said:
"Ma mither, fell need tuk me doun tae Hades' hoose
tae hear truith frae the ghaist o Theban Teiresias.
Still hae I no cam near the Achaean shore, nor cam
tae ma ain kintra, but aye hae traivelt in sair dule
syne first I gaed wi guidlie Agamemnon
tae Ilios o the braw horse, tae fecht the Trojans.
But tell tae me nou, an truly say tae me,
whit enn cam tae ye o lang-bydin tein?
Some langsome ill, or did Artemis the aircher
dunt ye wi kindlie flains tae caa ye doun?
An tell me o ma faither an suin that I left ahin,
dae thay still hae the honour that wes
mine or daes anither
haud tae it nou? Dae thay say I sal niver retour?
An tell me the wiss an will o ma waddit wife,
daes she bide wi her suin an keip aathing thegither?
Or mairrit nou tae the best o the Achaeans?"

Sae I spak an ma nobil mither answert straucht:
"Aye, shairlie she bides on wi a tholin hairt
athin yir haas, an aye maist dowie
dae the nichts an days cryne as she poors doun tears.
The bricht name ye had nae man hes gat, but cheerilie
Telemachus hauds yir estait an et equal feasts
dines, as is fittin tae a jeedge,
for aa men gie a biddin. An yir faither bides thare
on the plewlaund, an daesna gang tae toun.
He has nae cloaks an bricht plaids for his bed
but aa the winter he sleeps whaur the sclaves bide,
in the greeshoch bi the fire, an weirs puir duddies.
But whan simmer comes an the fouthie hairst
atour the braes o his bit vineyaird are strown
his hummle beds o crynit leaves.
Dowie he liggs yonner, while muckle tein growes
in his hairt,
wearyin for yir retour while wersh eild comes upon him.
Aye, an een sae did I dee an meet ma doom.
No in ma haa did the shairp-sichtit aircher
set on me wi her kindlie flains an slay me,
nor cam upo me onie deidlie ill, as maistlie
thro cruel crynin taks the virr frae the limbs;
na, it wes wearyin for ye an yir guid coonsel,
braw Odysseus,
an yir kindlie speirit, that twined me o hinnie-sweet life."
Sae she spak an I thocht lang in ma hairt
an wad hae haused the ghaist o ma deid mither.
Thrie times I lowpit towards her an ma speirit
bade me claisp her,

thrie times she joukt ma airms lik a shedda or a dream
an tein the while grew shairper in ma hairt.

An I said tae her an spak heich-fleein wards:
"Mither, whit for dae ye no bide still for me
tae enbrace ye
that een in the hoose o Hades we ma pit oor airms
roun yin anither, an hae oor share o cauld keenin?
Is this but a shedda that nobil Persephone senns
sae I maun sairlie grane an keen the mair?"

Sae spak I an ma honoured mither gied a straucht repone:
"Ochon, ma bairn, luckless ayont aa men,
Persephone, dochter o Zeus, daesna begeck ye
in onie wey
but this is the wey o mortals whan thay dee.
For the sinnons nae mair tie the flesh an banes
but the strang maucht o bleezin fire connachs thaim
as shuin as life gaes frae the white banes,
an lik tae a dream the speirit flitters hither an yon.
But haste ye nou swithlie intil the licht, an aa thir things
haud in yir mind tae tell thaim tae yir wife.'

Sae we twa spak til yin anither, an the weemin
cam, for guidlie Persephone sent them furth,
aa that were wives an dochters tae mauchtie men,
an thay gaithert thrang aboot the black bluid
an I tuk tent tae hou I micht speir o ilk yin
an this I thocht tae be the maist mensefu ploy:

I ruggit ma lang glaive frae aside ma thie
an wadna lat thaim drink aa et the yae time,
sae thay cam near, the yin eftir the tither,
an ilk yin tellt her kinrent an I speirt et thaim aa.

Nou whan haulie Persephone had skailt hither an yon
the speirits o the weemin, up thare cam
wi muckle tein, the ghaist o Agamemnon mac Atreus,
an ithers gaithert roon him sic as wi him
cam tae thair daith, slain in the hoose o Aegisthus.
He kent me straucht whan he had drunk the black bluid,
an loud he grat, an poort oot muckle tears
an raxt oot wi his haunds richt yivver tae grup me.
But he didna hae the lave o virr nor maucht
sic as he had langsyne in his strang nieves.
As shuin's I saa him I grat, an ma hairt had peitie on him
an I spak an said til him in heich-fleein wards:
"Maist glorious suin o Atreus, keing o men,
whit weird cam ower ye o lang-bydin tein?
Wes it Poseidon duntit ye on yir ship,
steirin an angry blest o birlin wunds?
Or did faemen dae ye skaith upo the laund
while ye were reivin thair nowte an fleeshie hirsel
or fechtin tae tak thair ceitie an thair weemin?"

Sae spak I an straucht he med repone an said:
"Suin o Laertes, god-begotten Odysseus
o the monie ploys,
Poseidon didna dunt me aboard ship

steirin an angry blest o birlin wunds,
an nae faemen did me skaith upo the laund
but Aegisthus wrocht for me ma weird an daith
wi the help o ma cursit wife, biddin me tae his hoose
tae a feast, lik ye'd kill a stot in a boose.
Sae I dee'd a maist peitifu daith wi ma feres aboot me
slain athoot stey lik tae the white-tushed swine
slauchtert in the hoose o man o maucht an walth
et a waddin or a banket or graund dram-drinkin.
Afore nou ye hae seen the slayin o monie men,
killt haund-tae-haund or in the breist o the fecht,
but had ye seen yon, yir hairt wad swall wi peitie,
hou in bye the laden buird an the wine-bowle
we lay in the haa an the flair aa soomin in bluid.
But the dowiest cry cam frae Priam's dochter,
Cassandra, wha sleekit Clytemnestra slew aside me.
An I socht tae haud up ma nieves,
stickit as I wes wi the sword, an fell tae the grunn.
But yon shameless yin shawed me her back
an for aa I wes gaun doun tae the hoose o Hades,
she didna draa doun ma ee-lids or close ma mooth."

An the ghaist o the suin o Aeacus, the fleet o fuit,
saa me, an greetin, spak tae me heich-fleein wards:
"Suin o Laertes, Odysseus o the monie ploys,
bauld man, whit ither gret aunter sal ye plan in yir hairt?
Hou daur ye come doun tae Hades whaur
dwall the thieveless deid,
the ghaists o men that are pairtit frae life's daurg?"

Sae he spak an I med repone an said:
"Achilles mac Peleus, michtiest by faur o the Achaeans,
I cam tae taak wi Teiresias for some coonsel
tae tell me hou tae wun tae craigie Ithaca.
For I haena yet cam near Achaean laund, nor set fuit
on ma ain kintra, but aye I thole mishanters.
But than yirsel, Achilles, wes nane afore mair blissit,
nor onie eftir ye.
For while ye lieved we Argives gied ye honour,
lik tae the gods.
Nou michtie amang the deid ye rule doun here.
Sae dinna grieve that ye are deid, Achilles."
Sae I spak an he med repone an said:
"Na, guidlie Odysseus, speik nae saft wards
tae me on daith.
Raither wad I lieve on the laund as scodge tae anither,
a laundless chiel whase leivin wes but smaa,
than rule as laird ower aa the deid an gane."

Straucht than I gaed tae the ship an bade ma feres
tae board the veshel an lowse the steven-raips,
an swith thay gaed aboard an manned the binks.
The swaw bure the ship doun the watter o Oceanus,
et first wi oor rowin, an syne wi a fair wund.

THE WANCHANCIE VOYAGE

Sae I gaed owre aathing an tellt thaim tae ma feres,
an gey an swippert cam the weill-wrocht ship
tae the Isle o the Twa Sirens: a fair wund drave her on.
Than the wund dee't awa an thare cam a lown;
nae breeze ava, an a spreit baloued the waves.
An ma marras rowed the sail an stecht it doun
in the boss veshel, an sate doun et the airs,
med white the watter wi the burnist pine.
Wi ma shairp glaive I cut a daud o wax
intil smaa bittocks, an in ma strang nieve
sae thrummilt it till it grew warm ablo
the michtie thraw an the leam o Helios Hyperion.
Than yin bi yin I stecht the lugs o ma feres,
an than thay bund me haund an fuit in the ship
tae the steid o the most an roun it wund the raip,
syne sett thaim doun tae skelp the gray sea wi thair airs.

Whan we were as faur awa as the cairry o a man's cry,

the Sirens saa the ship gaun swippertlie alang
richt up forenenst thaim, an sang skyrelie oot:
"C'wa here, weill-kent Odysseus, gret
glorie o the Greeks,
slaw doun yir ship an listen tae us twa.
For nae man yit rowed bye in his black ship
afore he heard the sang come frae oor lips,
sweet as the hinnie-kaim, an joyed in it,
syne gaed upon his wey a wycer man.
For we ken aa the trauchles o the Greeks
an Trojans, bi the fanklins o the gods,
an aa that sal come tae be on the growthie yird."
Sae spak thay, an sae sweet, ma hairt wes fain tae hear
an tellt ma feres tae lowse me, gesterin wi a glower;
but thay tyauved et the airs an caa'd awa.
Than straucht Perimedes an Eurylochus
rase up wi fouth o raips an pu'd thaim tichter.
But whan we had gaen past an heard nae langer
thair voices or thair sang, ma trustie feres
howkit the wax frae thair lugs and lowsed me
frae the raips.

But as shuin's we had left yon isle, richt than I saa
reek an a muckle wave an heard a stound,
an frae thair fleggit haunds the airs flew oot,
an doun in the swall thay splounged an
the ship wes hauden thare
for nae langer thay caa'd awa et the shapit airs.
But I gaed owre the ship an gied thair hairts a heize
wi souple wards aside ilk yin in turn.
"Freens, in nae wey hae we yit been quat o dule.

Shairlie this present tribble is nae waur
nor whan in his howe cave the Cyclops keppit us
wi grugous micht; an syne thro ma mense an manheid
an ma slee cantrips, haill we aa wan oot,
an thir mishanters tae, we'll come tae mynd on yit.
C'wa nou, than, an lippen tae ma wards:
haud tae yir binks an skelp doun wi yir airs
the deep faem o the sea, an howpe that Zeus
sal mak us wun oot nou an jouk this daith.
An see ye, helmsman, nou I bid ye shair,
wha here in this boss ship hauds tae the tillie,
tent ma wards in yir hairt:
Frae aa this laundbrist weir the ship awa
an keep alee o the scaur, or gin ye ken it,
the ship wull skite owre on the ither side
an caa us aathegither intil wrack."

Sae spak I an thay tentit tae ma wards.
But o yon Scylla than I wadna speik,
a danger nane micht jouk, sae that ma feres,
gruppit wi fear, wadna steck tae thair airs
an courie doun thegither in the hauld.

Syne I forgat the strang command o Circe,
wha tellt me that I shuidna graith masel,
but whan I had pit on ma glorious gear
an taen up in ma nieve ma twa lang spears,
I gaed up on the fore-deck o the ship,
for that I thocht frae thare wes first be seen
yon Scylla o the craig wha wes tae bring

wae on my companie. But I couldna see
her onywhaur, an shuin ma een gat wearie,
gantin in ilka bit aboot yon smirrie craig.

Neist, yellochin, we sailed the nerra kyle,
for thare upo the yae haund liggit Scylla,
an on the ither deivilish Charybdis,
wha, ugsome, sookit doun the saut sea watter.
An aye she riftit it up, lik a caudron on a muckle fire,
hotterin up the faem an plapperin sapple,
an heich abuin the spindrift drappit doun
on the taps o baith the scaurs.
An aa athin sic stramash micht be seen
whiles aa aboot the craig rairt oot maist ugsomely;
faur doun ablo the yird kythed, black wi saund,
an white fear gruppit aa ma marrows.

Sae we lukkit on her, syne feart oor wrack,
an frae the howe ship Scylla gruppit sax,
the skeeliest o haund an best in maucht.
I lukkit intil the ship tae finn ma men
an saa thair feet an haunds as thay were heizit
heich up abuin; thay cryit tae me in pyne,
yaisin ma ain name for that lest time.

An as a fusher on a mull lats doun his baits
tae cotch wee fushes, or wi a muckle stang
tippit wi nowte-horn progs intil the sea
an thraws ilk weeglin fush upo the shore,
sae wammilt thay as thay were heizit up

towart the scaur. An et her yetts she swallad thaim
skraichin an raxin oot thair haunds
tae me in thair fell daith-toils.
Maist peiteous o aathing in ma een
that I tholit while I went the weys o the sea.

(But eftir monie an aunter Odysseus wan hame, albeit in the guise o a beggar-chiel. Et the ootset nane kent wha he wes but the auld dug.)

THE AULD DUG

An while thay stuid an spak tae yin anither,
a dug that lay thare liftit up his heid,
an cockit up his lugs.
Argos, Odysseus the strang-hertit's grew,
that yince he bred himsel but gat nae sport o him,

syne lang or that he'd gane tae haulie Ilios.
In days gaen bye the callants tuk the dug
tae hunt wild gaits, the bawtie an the deer,
but nou, his maister faur awa, negleckit
he lay deep in the sharn o kye an cuddies
until Odysseus' hinds sud cairry it awa
tae skail owre the braid parks.
Yonder liggit Argos, craalin wi flaes.
Eenoo he kennt Odysseus staunin thare,
waggit his tail an drappit baith his lugs,
but had nae virr tae craal owre tae his maister.
Odysseus lukkt asklent, dichtit a tear awa,
but eithlie hid it frae Eumaeus, speirin:
"Is this no a gret ferlie nou, Eumaeus,
this dug that liggs atour this sharnie bit?
Deed, he's a bonnie grew; I wadna say,
certies gin he's as speedie as he's braw,
or gin he's lik yon messans o the table
that men hae for the pleisure o the ee."

An Hird Eumaeus, this repone ye made :
"Atweel this is the dug o a man that's deid,
in a faur kintra. Gin as langsyne he waur,
baith yauld an bonnie, as whan Odysseus lea'd him
tae gang tae Troy, ye wad shuin mairvel
tae see his maucht an dreel. Thare wes nae craiter
wad win awa frae him doun the deep shaw,
nae steid he couldna snowk oot wi his neb.
But nou he's faa'n intil a dowie case,
his maister deid faur aff frae his ain laund,
sae hashie weemin gie him nae regaird.

Aye, thrells tak nae gret tent o honest daurg
eftir thair maisters loss the grup owre thaim,
for Zeus o the Faur Voice taks hauf the wurdiness
frae onie man whan thirldom's day comes owre him."

Sae he said an gaed intil the weill-biggit hoose
in ben the haa tae jyne the lairdlie wooers.
But the doom o black daith gruppit Argos straucht,
eftir he saa Odysseus, in his twintieth year.

THE FECHT WI IRUS

Nou thare cam by a stieve gaberlunzie man
wha yaised tae thig in the toun o Ithaka,
weill-kent for his daithless hunger, wha wes aye
gizzlin an drinkin; but tho big in bouk

he hadna muckle maucht for aa his heicht.
Arnaeus wes the name his mither cryit him
et birth; but aa the yung men caa'd him Irus
syne he wad gae an eerant for wha tellt him.
An nou he cam tae drive Odysseus
frae his ain hoose an flytit on him,
an spak tae him in thir heich-fleein wards:
"Haud aff, auld man, haud aff frae this durestane,
sae I dinna hae tae rugg ye bi the fuit.
Dae ye no see hou thay're gien me the wink
for me tae heize ye oot? But for aa that
I wad be sweir tae dae't. Sae up wi ye
afore ma wards hae tae gie wey tae blaffarts."
Than spak Odysseus o the monie ploys,
glowrin ablo his brous, an gied repone:
"Fallow, naither in deed or ward dae I hairm ye,
naither dae I begrudge that onie man
sud gie ye a guid gowpenfu o mait.
But this durestane wull haud us baith,
an whitna fash hae ye tae be ower thrawn
for ithers' gear? Ye seem nocht but a beggar
lik masel, an wha is't but the gods that hansels us?
Sae dinna lift yir neives tae gie me dunts
an gar me fyle yir breist and lips wi bluid.
Auld man or no, twad gie me mair o peace the morn,
syne ye wad no be back tae this the hoose
o Odysseus mac Laertes."
But angert, beggar Irus said til him:
"Weill, hear hou this auld mauk gaes blethrin on
lik a carlin in the greeshoch. But he'll ken
ma wicket skelps comin frae left an richt

tae brek his teeth lik a pig that's spyled the corn.
Up wi yir neives sae these can see the fecht,
ye that wad taikle a yunger nor yersel."
Sae bi the dures thay flyred et yin anither
upon the polished thrashel. Michtie Prince Antinous
haird thaim an laucht, an spak amang the wooers:
"Freens, hae ye ever seen the likes o this?
The gods hae brocht a rare ploy tae this hoose:
yon streinger an Irus flyte an threiten blaws;
we's set thaim on tae mak a match o't nou."
Sae spak he; lauchin, thay lowped up, gaithert roun
the duddie beggars. Syne Antinous, suin o Eupeithes,
spak amang thaim sayin: "Listen, ye lairdlie wooers,
hear me speak. Here are the wames o gaits aside the fire,
set for oor supper, stecht wi creesh an bluid.
Whilk o thir twa sal prieve the better man
sal ryse an tak the wale o thir black-puddens.
An whit's mair, he sal aye tak mait wi us;
nae ither beggar sal jyne oor baund for aums."
Sae spak Antinous, an this pleisured thaim.
Syne sleekitly Odysseus o the monie ploys
spak tae thaim sayin: "Freens, an auld forfochen man
can in nae wey fecht wi a yunger. But ma tuim wame
wicketly progs me on sae I maun thole the clours.
But nou, sweir ye tae me a michty aith
sae nane, shawin guidwull tae Irus,
sal gie me an ill buff wi a strang nieve,
an ding me doun wi's maucht for this yin here."
Sae spak Odysseus an thay aa swure
thay wadna skaith him, as he askit thaim.
But whan thay swure the aith an had duin wi't,

amang thaim spak Telemachus, strang an mauchtie prince
yince mair, an said tae thaim: "Streinger,
gin smeddum an prood hairt gars ye be redd
o this yin here, dinna be feart for ony Achaean man
syne yin that clours ye nou maun fecht us aa.
Yir host am I, the princes gree wi me,
Antinous an Eurymachus, wyce men baith."
Sae spak he an thay aa fell in wi him.
Syne ower his stanes Odysseus happed his duds,
an shawed his thies, michtie an weel-shapit,
an his braid shouthers an breist an mauchtie airms.
An bye cam Athene thare an med still mair
the thews o the people's hird.
Syne aa the wooers fair dumfoonert
said, ilk yin wi a glisk et his neebor:
"Richt shuin wull Irus, aa un-Irused, hae
an ill he socht himsel, for sic a thie
on yon auld man shaws oot ablo his duds!"
Sae spak thay, an the saul o Irus shak,
but still the sairvants graithed him up
an heized him oot, gey feart, wi aa his flesh
trimmlin on ilka limb. Syne spak Antinous,
flytin on him, an cryit: "Ye blaw-hard,
better ye werena born, trimmlin afore this man,
an auld yin tae, fair duin wi wark an wae.
But hear me nou, for this sal shairlie be.
Gin this man leather ye an prieve yir maister,
intil a black ship I sal pit ye doun
an send ye tae the mainlaund tae Echetus the keing,
the skaith o men, wha'll snib yir neb an lugs
wi peitiless bronze an gralloch ye forbye

an skail yir thairms oot for the dugs tae teir."
Sae spak he, an Irus trimmilt aa the mair.
Thay led him tae the ring an the twa pit up thair nieves.
Than the muckle-tholin guid Odysseus thocht owre
gin he sud dunt him deid thare as he drapt
or gie him a lichter blaw tae streik him on the yird.
An as he thocht on it, the better wey
it seemed tae gie a lichter dunt sae that thay sudna ken,
thir Achaeans, wha he wes. Than thay baith pit thaim up
an Irus strack et the richt shouther but the ither
hut him on the thrapple jist ablo the lug
an crinched the banes an straucht the reid bluid spewed
oot o his mooth sae he fell doun intil the stour
an gied a mane an grunn his teeth
an kickit the yird wi's feet.
But the lairdlie wooers lifted up thair haunds
an gey near dee'd wi lauchin. Syne Odysseus
gruppit him bi the fuit an heized him oot
intil the coort tae the muckle yetts o the close;
syne pit him doun, stellt on the waa o the coort,
an pit his stave in his loof, an spak tae him
in heich-fleein wards: "Bide ye thare nou tae fley
the swine an dugs, an dinna laird it ower
streingers an gaberlunzies, wratch that ye are,
or ye micht chance tae meet on somethin waur."
Sae spak he, hung his cloutie pack aboot his shouthers
upon its twustit raip,
syne gaed up tae the thrashel an set doun.
The wooers gaed back ben wi mirrie lauchin,
an cryit oot tae him an said: "Zeus gie ye, streinger,
an the ither daithless gods, yir dearest wiss

an aa yir hairt's desire, syne ye hae gart this gizzlin cuif
gie ower frae beggin thro the kintra, an richt shuin
we's tak him tae the mainland tae Keing Echetus,
skaither o aa men."

Sae thay spak, an braw Odysseus wes gled
tae hear the wards' portent. Syne Antinous
set doun a muckle wame afore him
stecht fu o creesh an bluid, an Amphinomus
tuk twa loaves frae the skep an set thaim doun afore him,
gruppit a gowden quaich, an drank tae him an said:
"Guidsir an streinger, hail! In time tae come,
may ye hae happiness, for aa that nou
ye are hauden doun wi waes."

THE KEMP O THE BOU

Nou whan the guidwife cam tae the girnel-chaumer,
walked on the auld aik thrashel
the skeilie wricht had med
smooth, an med straucht tae the mark
an dure-cheeks haudin glaizie dures atween,
straucht she lowsed the whang frae the sneck,
pit in the key shair an caa'd back the bouts.
An as a bull rairs, girsin in a meeda,
sae bellocht the bonnie dures, steired bi the key
an swippert forenenst her thay spreid abreid
an she gaed owre the heich flair whaur the kists stuid
that held the scentit claes, raxt oot her haund,
tuk the bou doun frae aff the peg
in the bricht case that happit it aboot,
syne sett doun an pit it owre her knees,
an sairly grat whan she lukt on the bou o her man.
Nou whan she'd taen her fill o tearfu greetin,
aff she gaed ben the haa tae the lairdlie wooers,
cairryin in her haunds the back-bent bou an quiver
haudin the flains, the monie flains, grane-laden,
an wi her cam the lassies wi a kist,

haudin the airn an bronze that had airmed her laird.
Nou whan the guidwife cam anent the suitors
she stuid bi the dure-cheek o the weill-biggit haa
haudin afore her face the skinklin curch,
wi a leal sairvant-lass on ither haund;
than straucht she spak amang the wooers an said:
"Hear me, prood wooers wha hae fasht this hoose,
sae ye micht eat an drink wi nae deval,
syne that its maister has been langsyne gane,
nor cud ye pipe on ony ither port,
but mairryin me an takkin me tae wife.
Weel than nou, wooers, gin I's be yir prize;
I wull sett afore ye the bou o guid Odysseus;
wha sal maist eithlie string it wi his haunds
an shuit a flain thro aa thir twal aix-heids,
wi him sal I gang, an forleit this nobil hoose,
maist braw an fullt wi life, that I sal mynd
een in ma dreams."
Quo she, an bade the guidlie swine-hird Eumaeus
set for the wooers the bou and lyart airn.
Tearfu, Eumaeus tuk thaim an set thaim doun
an the hird o the nowte grat in anither bit,
seein the bou o the laird; an syne Antinous
flytit on thaim, an spak, an said til thaim:
"Daft kintra-carls, wha see but the yae day!
Ablachs the pair o ye! Whit fur dae ye greet,
an fash the saul o the leddie in her breist,
nou whan her hairt is liggin low in pyne,
syne she hes tint her dear guidman. Bide nou quait,
an eat, or else gae furth an greet an lea the bou
tae be a deidlie kemp tae us the wooers;

for I jalouse this bou wull no be eithlie strung,
an in the haill clanjamphrie no yae man
like tae Odysseus;
I saw him whan I wes a bairn an mind him fine."
Sae he said, but his hairt athin him
howped he wad string the bou an pit a flain
oot thro the airn; but deed! he'd be the first
tae taste a flain frae the nieves o guid Odysseus
that he was tashin, settin in his haa,
an airtin aa his friens tae dae the lik.
Than amang thaim mauchtie Telemachus spak:
"Ma certie nou, the Cronion's made me gyte.
Ma mither dear, for aa that she is wyce,
says she wull gang wi anither an lea this hoose,
an syne I lauch, an am gled wi harns gaen wud.
Richt than, ye wooers, syne yir prize hes kythed,
a leddie wi nae lik in Achaean laund,
nither in haulie Pylos, Argos or Mycene,
an no in Ithaca nor the mirk mainlaund.
Ye ken yirsels; why sud I phrase ma mither?
Nou dinna jouk the gemm wi faikin wards,
nor bide owre lang frae the draain o the bou
sae we may see the ootfaa o the gemm.
An I masel wad ettle et yon bou.
Gin I string it an shuit a flain oot thro the airn
twull be nae fash tae me ma leddie mither
sud lea this hoose tae gae wi anither man,
whan I can yaise ma sire's guid battle-graith."
Syne frae his shouthers he coost the scarlet plaid,
lowpit straucht up; pit the shairp glaive aff his back.
Than he howkit a sheuch an stellt the aixes

yae lang sheuch for thaim aa, straucht tae the line,
dirdit doun the yird, dumfoonert aa the watchers,
sae trig he sett thaim oot that hadna duin't afore.
Than he stuid on the thrashel an stertit tae try the bou.
Thrice he made it trimmle, sae fain wes he tae draa it,
an thrice he aised it doun wi howpe still in his hairt
tae string the bou an shuit a flain thro airn.
An et the hinner en he micht hae strung it
michtilie ettlin et it for the fowerth time,
but as he ettled tae draa up the whang,
Odysseus gied him a nod tae stey him
for aa his birkin.
Than bauld an michtie Telemachus spak yince mair:
"Ochon, I's aye be a couard an a sharger;
or, it micht be, owre yung tae lippen tae ma virr
tae fend me frae sic are angert withooten cause,
but lat thaim wha are michtier nor me,
ettle et the bou, an lat us feenish the fecht."
Sae sayin he pit the bou doun on the grunn,
sett it forenenst the jyntit, glaizie dures;
an neist it laid the flain upo the braw bou-en
an sett doun on the sait frae whilk he raise.
Tae thaim Antinous mac Eupeithes spak:
"Ryce up in order, freens, stert frae the left,
frae the yae bit whaur the wine's poort oot."
Sae spak Antinous an the ward pleased thaim weill.
Leiodes mac Oenops wes the first tae staun,
that wes thair spaeman, wha by the braw wine-bowle,
sate aye in the benmaist neuk; a scunner tae him alane
were thair ill-deeds; he wes angert et aa the wooers.
Nou first he tuk the bou an the swippert shank,

an stuid bi the thrashel, ettlin tae prieve the bou,
but he couldna string it afore his haunds were wabbit,
his feill nesh nieves, an he spak amang the wooers:
"Freens, it's no me that sal string it; lat anither tak it.
For monie a bonnie man sal this bou herry
o speirit an life, syne better faur it is,
tae dee than lieve yet, an misgae on yon intent
on whase accoont we aye hae gaithert here
aye-bydan day eftir day, an monie thare are
wha howpe in thair hairts an grien tae wad Penelope,
wife tae Odysseus; but whan he has made his sey
on the bou, an seen the ootfaa, lat him gae
coortin anither o the sprush Achaean weemin
wi waddin gifts an lat him ettle tae win her.
Sae may the leddie mairry wha gies the maist
an comes as guidman tae her, the yin that is her weird."
Sae he said, an pit the bou frae him,
stellin it anent the jyntit, glaizie dures;
syne settin the swippert flain bi the braw bou-tip,
he sate himsel doun again on the heich chair.
But Antinous flytit on him, an spak an said:
"Leiodes, whitna ward hes lowpit the dyke o yir teeth,
an unco ward an dowie! It angers me tae hear it,
an sal twine the best o us life an speirit,
for that ye canna set the string. Atweel
yir mither didna bear ye wi sic virr
tae draa the langbou an tae shuit wi flains;
but some o the vauntie wooers will shuin dae't."
Sae he said, an caa't tae Melanthius the hird:
"Awa Melanthius, kennle a fire athin the haa
an pit a muckle stuil wi a fleesh atour,

90 an bring a muckle daud o the creesh in ben,
sae that we callants waarm an ile the bou
an prieve it, sae that we kin enn this kemp."
Sae he spak, an straucht Melanthius steired
the lowin greeshoch,
an aside a muckle stuil wi a fleesh atour,
brocht frae in ben a muckle daud o creesh,
an straucht the callants waarmed the bou tae prieve it,
but waantin muckle maucht thay couldna string't.
Nou Antinous an guid Eurymachus baith stuid abeich,
chief o the wooers, wha bure the gree owre aa.
Furth frae the haa gaed oot the ither twa,
the nowte-hird an the swine-hird o guid Odysseus,
an eftir thaim gaed Odysseus himsel.
But whan thay were ootbye the yetts an close,
he spak an said til thaim wi canny wards:
"Nowte-hird, an you tae, swinehird, sal I tell ye
or keep it tae masel? Ma speirit gars me say.
Whatna men wad ye be tae fend Odysseus
gin swippert he sud come fra ither-whaur
brocht back here bi some god?
Wad ye fend the wooers or Odysseus?
Say oot as yir hairt an speirit bid ye."
Syne the hird o the nowte gied him repone:
"O Faither Zeus! Wad ye sud gie sic a wiss!
Graunt yon man sud retour, an some god gie him guidin,
than ye wad ken ma virr, whit wey ma nieve wad sairve."
Sae did Eumaeus pray tae aa the gods
that Odysseus micht retour tae his ain hame.
Nou whan he kent for shair whit wes thair speirit
yince mair he made repone an spak tae thaim:

"Luk, hame hae I come, ma ainsel, hame again,
eftir a sair trauchle tae ma ain bit.
I ken that ye twa alane o aa ma hinds
are gled tae see me back, but o the ithers
I haena heard yae prayer for ma retour.
But til ye baith I'll tell hou it sal be.
Gin a god sal ding doun the wooers wi ma nieve,
I'll gie a wife tae baith an muckle gear,
an a hoose biggit richt nearhaun ma ain
an ye sal be feres an brithers tae Telemachus.
See nou, but still an on I wull shaw ye prief
sae ye wull ken me weill an be shair in hairt,
the verra blane I had frae the boar's tush
whan I gaed tae Parnassas wi the sons o Autolycus."
Sae he said, an liftit the clouts frae the muckle blane,
an whan thae twa had seen it an taen aa in,
thay grat an flung thair airms roun wyce Odysseus
and kisst his heid an shouthers lusumlie.
In syne in the yae wey Odysseus kisst thair heids an loofs.
An the licht o the suin wad shuin hae gane doun
on thair greetin,
gin twarna Odysseus himsel that checkit thaim,
an said: "Dinna greet mair or yin come frae the haa
an see us, an tak the ward tae thaim in ben.
But gae athin, yin eftir the tither, no thegither,
first me, than ye twa, an lat this be oor ploy:
aa the ithers, siclike as are prood wooers,
thay wullna hae me tae haud the bou an quiver
but, freen Eumaeus, whan ye bear the bou thro the haas,
pit it intil ma loofs, an tell the weemin
tae baur the weel-fittin dures o thair haa.

An gin onie sud hear the granes an dunts o men
athin oor waas, lat thaim no breenge oot,
but bide in the bit an tak tent o thair daurg.
An ye, guid Philoetius, I bid ye tae mak siccar
tae festen wi a baur the yett o the close
an swippert wap it tichtlie wi a knot."
Sae said he an gaed ben the brawlik hoose
an syne sate doun again on the yae bink.
An the twa thrells o guidlie Odysseus gaed ben tae.
Nou Eurymachus wes haunlin the bou,
warmin it on the yae side an the tither,
but couldna string it, sae in his noble hairt
he graned, and brustin oot in anger, spak,
an said: "Dagont, I am fasht for masel
an for ye aa! But tho that grieves me sair –
no juist the mairriage, syne thair's fouth o weemin
baith in Achaea an Ithaca itsel
an in some ither touns;
na, that we miss sae muckle maucht o guid Odysseus
we canna string his bou. O whit a tash
tae us for men no lievin yit tae hear."
Than Antinous mac Eupeithes med repone:
"Eurymachus, this maunna be, an weill ye ken it;
nou thro the laund the day is the feast o the aircher-god,
a haulie feast; an wha wad benn a bou
et sic a time? Na, pit it doun cannily
an lat the aixes bide thare whaur thay staun,
for certies nane wull daur come ben the hoose
o Odysseus mac Laertes, an tak thaim aff;
na, lat the sairvant poor draps for libation

intil the tassies, sae we may mak thaim nou,
an eftir pit awa the curvit bou.
An the morn's mornin bid the hird Melanthius
tae bring she-gaits, faur best o aa the hird,
sae we ma pit the hochs atour the altar
tae aircher Apollo an syne prieve the bou,
an hae duin wi this kemp."
Sae spak Antinous an his wards fair pleisured thaim.
Syne the hainchmen poored watter owre thair haunds,
an the halflins fullt the bowles lippin-fu o wine
an sairved it tae thaim aa, poorin oot first
draps for libation in tassies yin bi yin.
But whan thay had poored an drunk
whit pleisured thaim,
the slee Odysseus o monie cantrips spak tae thaim:
"Listen tae me nou, wooers o the namelie queen,
that I ma say whit ma hairt in ma breist bids me.
Abune ye aa I mak ma plea tae Eurymachus
an tae guid Antinous,
syne that the ward he spak wes richt eneuch,
that for the nou ye pit bye yir aircherie
an lea the haill maitter tae the gods.
An the god wull gie the gree the morn tae wha he wull.
But nou gie me the glaizie bou sae I ma prieve
amang ye aa ma nieves an maucht as yince
I had langsyne athin ma soople spauls
or gin ma traivels an hungert fare hae smoort it."
Sae he spak, an thay were aa angert sair,
feart that he micht een string the glaizie bou.
Antinous tellt him aff an said til him in repone:
"Impident ablach, ye hae nae haet o harns –

is't no eneuch for ye, tae eat in oor prood companie?
Ye lack nocht o the denner, an hear oor crack,
tho nae ither streinger tink kin hear oor wards.
It is the wine hes hairmed ye, hinnie-sweet wine
that is the skaith o monie anither tae,
whan slorpit doun in byornar muckle gollops.
It wes fouth o wine that drave the centaur wud,
faur-kent Eurytion, in the haa o heich-hairtit Peirothous
whan he gaed til the Lapiths. An whan
he gaed gyte on wine
he wrocht ill deeds in his ree, in the hoose o Peirithous.
Syne muckle tein gruppit the heroes,
wha lowpit up an harlt him thro the yett
eftir thay shure aff his nosthrills an his lugs
wi the peetiless bronze, an he, deleerit,
bure the wecht o his sin in a glaikit hairt.
Sae cam the fecht atween centaurs an mankind;
but he skaitht himsel et the affset, fou wi wine.

Een sae I spae great hairm tae yirsel
gin ye string yon bou,
ye's finn nae grace et the haunds o onie in oor laund,
but we sal senn ye on a black ship tae Echetus,
wha skaiths aa men; frae's haunds
ye's never wun awa alive.

Nou than, bide quait, an tak yir dram,
an dinna warsle wi yunger nor yirsel."
Than wyce Penelope gied him repone:
"Antinous, it is in nae wey guid or juist,
tae rype the guests o Telemachus o thair richts;
dae ye think, gin yon streinger wins tae string the bou,

traistin wi the maucht o his neives and
the virr o his airms,
that he'll tak me til his hame an mak me his wife?
Na, na, he wadna hae sic a howpe in his hairt,
sae dinna fash yirsel on that accoont an sett
girnin here et yir mait, for that wad no be richt."
Syne Eurymachus mac Polybus gied repone:
"Dochter o Icarius, wyce Penelope,
it isna we think the man wull tak ye hame,
fegs no, but that we cudna thole the speik o men
an weemin, that yin o the keelie kind sud say:
Deed aye, but gey peelie-wallie men are wooin
the wife o a nobil man, an canna string his glaizie bou;
but a tink, that cam on his traivels, eithlie did,
an shot thro the airn forbye.
An siclike clash,
an yon wad be a black affront til us."
Syne wyce Penelope again gied him repone:
"Eurymachus, in nae wey kin thare be
a guid name tae men wha gie affront
an devour the hoose o a prince
Whit for than dae ye coont his speik as impident?
The streinger is richt stieve an yauld forbye
he ledges he is the son o a guid faither
Nou than, gie him the glaizie bou an lat us see.
For this I sal depone, an shairly 'twill be duin;
gin he sal string the bou an Apollo gie him glore,
I sal graith him in plaid an dooblet, bonnie claes,
gie him a shairp pike tae daunton dugs an men,
a twa-aidge glaivie; brogues bund tae his feet.
an senn him whaur his hairt an mind wad tak him."

Syne wyce Telemachus gied tae her repone:
"Mither, nae man has better richt nor me
tae gie or keep this bou whaur it sal please me;
na, nane o aa the lairds in craigie Ithaca,
nor in the launds anent horse-girssin Elis.
Nae man o thaim sal thorter me in this,
gin I sud chaise tae gie this verra bou
straucht tae the guest tae bear awa wi him.
But gae nou tae yir chaumer, an tyauve et yir ain daurg,
the leem an rock, an bid yir lassies dae thair scodgies,
but the bou sal be for men, for aa, but maist o aa for me;
syne that I am the maister in the hoose."
Syne aff she gaed, dumfoonert, tae her chaumer,
an tuk the wyce sayin o her son tae hairt.
Up tae her room she gaed wi her sairvant lassies
an grat for her dear guidman Odysseus
till grey-eed Athene coost sleep in her een.

Nou the guid swine-hird had taen the curvit bou
an bure it, but the wooers aa yellocht in the haa,
an sae wad yin o the heich-heidit callants say:
"Whaur are ye gaun wi yon curvit bou, ye tink;
ye raggit hird, ye doitit bodie, shuin
aside the swine the grews sal gizzle ye –
the verra dugs ye hae brocht up yirsel,
gin Apollo gie us grace, an the ither undeein gods."
Sae thay spak, an he set doun the bou he cairrit
in that yae bit, feart that the monie men
sud belloch et him in the haas.
Syne Telemachus frae the ither side
caa't oot an shored him:

"Auld yin, bring owre the bou — ye's shuin regrait
sairin sae monie maisters; for aa ma lack o eild,
tak tent or I sal ding ye tae the park wi stanes
syne that I hae mair virr. Gin ainerlie
that I war michtier in maucht an smeddum
than aa the wooers that are in thir haas,
shuin monie a chiel I'd caa oot frae this hoose
tae gang his gait furth in a dowie case,
for that thay think oot drauchts tae dae us skaith."
Sae he spak, an aa the wooers laucht maumilie et him,
an laid bye nou thair sharrow anger et Telemachus.
Than the hird bare the bou thro the haa an gaed
atour tae wyce Odysseus an pit in in his haunds.
Than he caa't furth the nourice Eurycleia an said tae her:
"Wyce Eurycleia, Telemachus bids thee
tae baur the weel-fittit dures o yir chaumer
an gin onie sud hear the granes or dirdum o men
athin oor waas, lat thaim no breenge oot, but bide
whaur thay are, an be quait an tentie tae thair daurg."
Sae he spak, an the ward didna scape her;
she baured the dures o the weel-foondit haas.
Syne Philoetius hastened quaitlie frae the hoose,
an baured the ootmaist yetts o the fenced close.
Nou thare liggit ablo the trance the towe o a curvit ship
o twustit taw, that he festent on the yetts
an eftir he gaed inbye.
Syne he gaed an sett on the bink whaur he wes afore
an goved et Odysseus haunlin the bou,
birlin it roon an roon, seyin it yae wey an yon,
lest the worms had eaten the horns while
the laird wes abreid.

An sae the men spak ilk yin wi a keek et his neebor;
"Deed, an he hes a wyce ee, an a keenin wey wi a bou!
Atweel, it maun be he hes siclike hained et hame
or hes a mind tae mak yin, birlin it yae wey an yon
in his nieves, coorse tink et he is."
An again anither o the ogertfu callants wad say:
"Wad that the carl sud get his fairin
in sic meisure as he wins tae benn the bou!"
Sae spak the wooers, but Odysseus o the monie ploys
had heized up the bou an vizzied on ilka side
lik a skeelie man on the clarsach strings a new peg
twinin the twustit thairms et ither enn —
syne athoot fash Odysseus strung the muckle bou,
an haudin it in his richt nieve he prieved the string,
an as sweet it sang til his touch, as the
tone o a swalla's sang.
An muckle tein cam on the wooers an
the hue o thair faces cheinged,
an Zeus thunnert lood an shawed furth aa his signs.
Syne gled et hert wes the muckle-tholin guidlie Odysseus
that the son o camshoch Cronos gied him a sign
an he tuk up a swippert flain, that laid by
him on the buird
in plain sicht, tho the ithers were stowed athin the quiver,
aye thir yins that the Achaeans shuin wad pree.
He tuk an laid it syne on the brig o the bou
an haudin tae the nock he drew the string
aye, een frae aff the bink whauron he sate
an wi straucht aim he shot the flain
an missed nane o the aixes
in et the first aix-haunle, oot et the lest,

the bronze-wechtit shaw gaed clean oot thro thaim aa.
Syne he spak tae Telemachus an said:
"Weel, Telemachus, the streinger in yir haa
hes brocht ye nae affront. I haena misst the mairk,
nor wes I muckle fasht tae string the bou.
Ma virr is wi me yit, for aa the wooers snirk
　　　　an lichtlie me.
But nou is the time for supper tae be made ready
for the Achaeans while the licht's still wi us;
than tae the dancin an clarsach, the
　　　　tappietourie o the feast."
Sae he spak an noddit doun wi his broos,
an Telemachus, son o guidlie Odysseus
bund his shairp glaive aboot him an tuk
　　　　his spear in his nieve,
an stuid bi his faither's side, graithed
　　　　in the glentin bronze.

THE REVENGE

But Odysseus o the monie ploys pit aff his duds
an lowped tae the thrashel wi the bou, an quayvyr
fu o flains, an syne tuimt oot the snell dairts
richt doun et his feet, an spak amang the wooers:
"See nou, this fell kemp is et an enn.
Nou for anither mark, that nae man hes yet dinged,
but I'll ken gin I ma dunt it, an Apollo gie me fame."
Wi the ward he aimed a shairp flain et Antinous.
Nou he wes heizin tae his mou a bonnie quaich,
a twa-luggit gowden tass, gruppin it in his nieves
that he micht drink the wine, an he'd nae thocht o daith.
For wha amang men that setts et mait wad think
yin amang monie, houiver yauld he wes,
wad bring tae him an ill daith an black enn?
But Odysseus tuk aim an the flain strack his thrapple
an the pynt gaed straucht oot thro the saft hause.
He fell tae the yae side, an the quaich drapt frae his loof
wi the stang, and thro his nosthrills cam a scoosh
o mortal bluid, an swith he thrist the buird awa
wi a dunt o his fuit, an skailt the vivers on the flair,
sae the breid an raist mait were aa fyled. Syne yellocht
the wooers thro the haa as thay saa the man faa,
lowpt frae thair heich saits, feart, an skailt aboot the hoose
govin hither an yon alang the weill-biggit waas;

but naewhaur wes a tairge or michtie pik tae haund.
Thay flyted on Odysseus wi angrie wards:
"Streinger, tis an ill thing tae shuit et men. Nae kemp
sal ye ivermair tak pairt in, for an ill doom is upon ye.
For nou ye hae slain a man that wes finest faur
o the young callants o Ithaca, an sae sal the gleds eat ye."
Sae spak ilk yin for thare wes nane that thocht
that o his ain free will he killt the man,
an daftlie didna ken
that on ilk yin o thaim the chynes o daith were bund.
Odysseus o the monie ploys gowled
frae ablo his brous an said:
"Dugs that ye are! Ye thocht I wad never win hame
frae the Trojan laund, an sae ye hae wasted ma hoose
an gart ma sairvant lasses bed wi ye,
an while I lieved ye sleekitlie wooed ma wife,
athoot fear o the gods that haud braid heivin
nor the anger o men that sal ken o this hereafter.
Nou, ower ye, yin an aa, the chynes o doom are bund."
Sae he spak, an gash fear gruppt thaim aa
an ilk yin glowert aboot him, lukkin tae jouk sair daith.
Eurymachus alane reponed til him an said:
"Deed, gin ye are Odysseus o Ithaca back hame again,
tis richt eneuch ye say on whit
the Achaeans hae wrocht –
monie daft deeds in the haa, and monie in the laund.
But he liggs deid thare wha wes aa tae blame –
Antinous, for he set aa thir ploys afuit;
no that he wantit mairriage or had need o't,
but tae anither enn, that the suin o Cronos
hadna duin for him,

himsel tae be keing ower weill-fund Ithaca,
tae ligg et the wait for yir suin an slay him;
but nou he is richtlie deid, an ye maun spare
yir ain fowk, an we sal gaither mends aboot the laund
for aa that wes drunk and gizzled in yir haas,
ilk yin tae gie tae ye a score o stots
an bronze an gowd until yir hairt is quait,
tho until than nae man wad blame yir wrath."
Odysseus o the monie ploys gowled frae ablo his brous
an gied repone:
"Eurymachus, gin ye mak mends o a yir faithers lea'd ye
an aa that ye nou hae, an onie mair frae onie ither bit,
yit wad I never haud ma haund frae killin
till aa the wooers had peyed for thair ill deeds.
Nou ye ma chaise tae jyne fair fecht or flee
gin onie think tae jouk his daith an fate,
but I think gey few will scape thair sharrow doom."
Sae he spak, an thair knees an hairts were lowsed,
an Eurymachus spak for thaim a saicont time.
"Freens, ken that yon man winna stey his victor's haund,
for nou he hes gotten the burnist bou an quayvyr
he will shuit frae the smeeth thrashel an slay us aa.
See nou, lat us tak thocht on battle.
Draa yir glaives an haud up the buirds tae fend aff
the deidlie flains, an aa set on him thegither
an thrist him frae the dure an thrashel,
an gae thro the ceitie cryin the alarm;
shuin sal this cheil hae shot his hinmaist bout."
Sae he said, an ruggit oot his shairp bronze glaivie
twa-aidged, an lowpit et Odysseus
wi an ugsome yelloch, but straucht guidlie Odysseus

lat flee a flain that strack his breist aside the tit
an the swuft dairt fixt in his lever an frae his haund
the glaive drapt tae the grunn, an warslin ower the buird
he bou'd an fell an tuimt upon the flair the mait
an the twa-luggit quaich, an his brou duntit the grunn
in his saul's sair pyne, an baith feet shiddert
an cowped the chair, an a mirk cam ower his een.
Syne Amphinomus med et noble Odysseus,
rinnin straucht et him, draain his shairp glaive,
howpin that Odysseus wad yield the dure.
But Telemachus
bate him, an threw, an hut him ahin wi
his bronze-tippit spear
atween the shouthers, an drave it thro his breist.
An he fell wi a dunt an hut the grunn wi his brou.
But Telemachus lowpt back, an lat the spear
bide whaur it wes
in Amphinomus, for he wes feart some Achaean,
as he socht tae draa oot the lang spear,
wad set on him an stick him wi a glaive,
or gie him a dirkin as he bou'd ower the corse.
Sae he begood tae rin, an swippert
cam tae his dear faither,
an staunnin bye him he spak heich-fleein wards:
"See nou, faither, I's get ye a tairge an twa spears,
an a bronze sellet that fits ticht tae the heid,
an whan I wun back I wull airm masel
an gie the swinehird
airmour, an the nowte-hird tae, for tis better
tae be haillie graithed in airmour."
Syne Odysseus o the monie ploys spak tae him an said:

"Rin an get thaim while I still hae flains tae mak defens
sae that thay canna thrist me frae the dure,
yae man alane."
Sae spak he, an Telemachus did his faither's biddin,
an gaed tae the chaumer whaur the braw wappens lay.
Syne oot he brocht fower tairges an eicht spears
an fower sellets o bronze wi bussie horsehair creists;
thir he brocht oot an swith gaed tae his faither;
an first he graithed himsel in bronze
an the twa sairvants in the bricht airmour.
Syne thay stellt thaimsels bi the wyce
an lang-heidit Odysseus.

As lang as he had flains tae mak defens,
sae lang et the wooers in his hoose
he wad aye aim, an doun thay drapt in bings
but when the dairts o the lairdlie aircher were aa shot
he pit his bou bi the dure-cheek o the weill-biggit haa
an thare lat it staun anent the glentin ingait.
Himsel he heized tae his shouthers a tairge o fower hides
an graithed his michtie heid in a weill-wrocht sellet
wi a horse-hair creist, an the dreid plume
wafft abune him,
an he tuk twa michtie spears wi pynts o bronze.
Thare wes in the waa a postrum, raised abuin the flair,
an the tapmaist bit o the thrasel o the ticht haa
had a wey intil a trance wi weill-med fauldin dures.
Guidlie Odysseus bade the swinehird tent it,
staunnin haurd bye, for thare wes but the yae wey ben.
Syne Agelaus spak amang the wooers an said
his ward tae aa:

"Will yin o ye no gang up til yon ingait
an tell the fowk, sae straucht an alarm is med?
This chiel will shuin hae lowsed his hinmaist flain."
Then Melanthius the gait-hird gied repone:
"Agelaus, god-begotten, yon canna be, for richt near
is the guid yett o the close, an the passage-mooth is ticht.
Yae man o guid curage micht baur the wey tae aa.
But see, lat me bring ye frae the chaumer graith tae weir,
for I ken that it's in bye; nae ither bit
whaur Odysseus an his bonnie lad hae stowed the gear."
Sae sayin, up the stairs gaed the gait-hird Melanthius,
intil the wappen-stores o Odysseus
an tuk twal tairges an as monie spears
an as monie sellets tappt wi horsehair creists,
an back he cam swippertlie an gied thaim tae the wooers.
Syne were the knees o Odysseus lowsed,
an his hairt gaed saft
whan he saa thaim graith themsels an in thare haunds
shakkin the lang spears; for ower muckle
seemt tae him his daurg.
But tae Telamachus straucht he spak heich-fleein wards:
"Telemachus, deed thare's yin o the weemin in the haa,
or it micht be Melanthius, stairtin an ill fecht for us."
Syne mensefu Telemachus med repone:
"Faither, I am et faut in this – naebodie else
tae blame – for I lat the weill-wrocht
dure o the chaumer
wide tae the wa, an yin o thaim hes been
richt swuft tae see.
But gang nou, guid Eumaeus, an shut
the dure o the chaumer

an see gin tis yin o the weemin wha's dune this,
or Melanthius mac Dolius, as I jalouse."
Sae spak thay, yin til anither,
an Melanthius the gait-hird gaed yince
mair tae the chaumer
tae get the bonnie graith. But the guid swinehird saa him
an straucht he spak til Odysseus, near haund:
"Suin o Laertes, god-begotten, Odysseus
o the monie ploys,
yince mair is yon minker loun, wha fine we ken,
gaun til the graith-chaumer. Nou tell tae me straucht
gin I owergae him, sal I slay him syne,
or bring him here tae ye, sae he sal shairlie pey
for aa the monie ills he med in yir hoose?"
Syne Odysseus o the monie ploys med repone and said:
"Nou shairlie Telemachus an masel sal kepp
the lairdlie wooers
athin the haa, houeiver bauld thay be,
but ye twa tie his feet an airms ahint him
an thraw him in the chaumer, an tie buirds et his back
an bind his bodie wi a twustit raip
an heize him up tae a heich pellar richt bye the jeests
sae he ma lieve lang an thole sair pyne."
Sae he spak an thay haird him an did his biddin.
An aff thay gaed tae the chaumer, unkent tae him in ben,
wha wes seekin graith et the faur enn o the chaumer
an the twa waited for him aside the door-cheeks.
An juist as Melanthius the gait-hird crossed the thrashel
cairryin in the yae neive a braw helm
an in the ither a braid tairge, auld an roostie,
that the laird Laertes bure whan young,

but nou it wes pit by, an the steiks o its strops lowsed,
syne the twa lowped on him an claucht
him an heized him
bi the hair, an caa'd him doun on the grunn
in a michtie fleg,
an wupt his feet an haunds wi sair bands,
an ruggit thaim gey an ticht ahint his back
as the suin o Laertes tellt thaim,
the guid muckle-tholin Odysseus.
Syne thay bund tae him a twistit raip
an heized him up a pellar gey near tae the jeests.
Than did ye taisle him, swinehird Eumaeus, an say:
"Nou, athoot doot, Melanthius, ye's keep watch
the haill nicht
liggin on a saft bed as is fittin.
An ye'll shairlie see the airlie Dawin come
doun the burn o Oceanus
on her gowden throne, et the verra time whan ye wad be
drivin the gaits for the wooers tae mak
a feast in the haas."
Sae did thay lea him thare, heized up in a sair fankle
but thae twa pit on thair graith an shut the bricht dure,
an gaed till Odysseus, the wyce an skeilie laird.
Sae thay stuid hechlin wi fecht, on the thrashel
but fower, while in ben the haa wes
monie a man an brave.
Than cam Athene, dochter o Zeus, haurd bye thaim,
lik tae Mentor in bodie an in speik,
an Odysseus wes gled tae see her an spak an said:
"Mentor, keep us frae skaith, hae mind
o yir auld comrade,

wha wes aye a freen tae ye, an hes
the same years as yirsel."
Sae spak he, jalousin that it wes Athene, cryer o the host.
But the wooers on the ither side rairt in the haa,
and first Agelaus mac Damastor rebookt Athene an said:
"Mentor, dinna lat Odysseus tice ye wi his wards
tae fecht wi the wooers an tae sauf himsel.
For I ken that we sal win oot in this tulyie:
whan we hae slain thir men, baith faither an suin,
than sal ye be slain wi thaim; for sic as ye ettle tae dae
athin this haa, yir heid sal square the accoont.
But whan wi the bled we hae reived ye o yir virr,
syne sal aa that ye awn, baith hoose an hauld,
be pit wi that o Odysseus. An nither suins nor dochters
sal dwall in yir haas,
nor yir braw wife trintle aboot the ceitie o Ithaca."
Sae said he, an Athene gat mair angert in hairt
an rebookt Odysseus wi angrie wards:

"Odysseus, ye hae nae mair virr or ony maucht,
sic as ye had whan, for gentie Helen o the white airms,
for nine yeirs ye focht athoot saucht wi the Trojans,
an monie a man ye slew in yon dreid war,
an bi yir coonsil the braid-gaitit ceitie o Priam wes taen.
Hou is't that, nou ye are come tae yir ain hoose an hauld,
ye girn et yir want o maucht afore thir wooers?

Na, freen, staund here by me an see ma ettle,
sae ye ma see whit for a man is Mentor mac Alcimedes,
tae requite guid deeds here in the breist o faes."
She spak, but didna gie him pouer aathigither
tae wun oot,

but tried syne the maucht an manheid
o Odysseus an his nobil suin;
an hersel flew up till the cabers o the reek-mirk haa,
an sate thare in the likness o a swalla.
Nou the wooers were cried on bi Agelaus mac Damastor
bi Eurynomus, Amphimedon, Demoptolemus, Peisander
mac Polyctor an wyce Polybus,
for in curage thay were abune aa the wooers
wha were still vieve an fechtin for thair lives,
for the lave were caa'd doun bi the bou
an the smoorin flains.
But Agelaus spak an tellt his ward tae thaim aa:
"Freens, nou wull this man haud
aff his owercomin haunds:
see nou, Mentor hes scowkit awa, for aa his tuim blawin,
an thay are on thair lane et the ingait o the dures.
Sae dinna thraw yir lang spears aa et the yae time,
but juist fling sax et the ootset an howpe that Zeus
sal gar Odysseus be strack an lat us wun renoun.
O the lave thare's nae fash, whan yon yin gaes doun."
Sae he spak, an thay aa threw thair spears as he bade,
yivverlie, but Athene caa'd thaim abeich, the haill shaif.
Yae man duntit the durecheek o the weill-biggit haa,
anither the ticht-set dure,
and a thrid, wechtit doun wi bronze, fell bi the waa.
But whan thay had joukit aa the spears o the wooers,
first amang thaim spak the guidle lang-tholin Odysseus:
"Freens, nou sal I gie the ward for us as weill
tae thraw oor spears amang the wooers,
syne thay are mindit
tae slay us nou forbye thair ither wrangs."

Sae he spak an thay aa cast thair shairp spears
wi shair aim. Odysseus strack Demoptolemus,
Telemachus Euryades, the swinehird dinged Elatus,
an the hird o the nowte slew Peisander.
An thay aa et the yae time bit the braid flair wi thair teeth
an the wooers rin back tae the faurest bit o the haa.
But ithers lowpit forrit an ruggit the spears
frae the corses.
Yince mair the wooers flang thair shairp spears
but Athene thortert thaim for the maist pairt.
Yin man duntit the dure-cheek o the weill-biggit haa,
anither the ticht-set dure,
an the thrid aish-shaw, wechtit wi bronze,
drapt bi the waa.
But Amphimedon strack Telemachus on
the nieve bi the wreist,
a sklentin scart, an the bronze tuir the tap o the skin.
An Ctesippus flung his lang spear atour the tairge;
it scartit the shouther o Eumaeus an drapt tae the grunn.
Syne yince mair Odysseus the wyce an skeilie
an his feres flung thair spears amang the wooers;
Odysseus, herrier o ceities, strack Eurydamas,
Telemachus Amphimedon, an the swinehird hut Polybus
an syne Ctesippus wes strack bi the hird o the nowte
richt thro the breist, an he braggit ower him, sayin:
"Aha, suin o Polytherses, ye that likit tae scorn, nae mair
sal ye blawhard in yir daftness, but til the gods
gie ower the maitter, syne thay are michtier faur.
Nou ye hae a hansel for the stot's cloot ye gied Odysseus
whan he cam beggin roun aboot the hoose."
Sae spak the hirdsman o the glaizie nowte, an Odysseus

in a ticht fecht wundit mac Damastor wi his lang spear
an Telemachus wundit Leiocritus
in the thairms, the bronze gaed richt thro,
an he fell straucht forrit an strack the grunn wi his brou.
Syne Athene liftit her aegis, the dreid o mortals,
heich on the ruif, an the wooers were
fleyed in thair hairts
an thay fled awa thro the haa lik a hird o kye
that the bizzin cleg maks tae rin
in the saison o spring whan the lang days stairt.
An juist as the gleds wi heukit clows an boued gobs
come doun frae the bens tae yoke on ither burds
that flee ower the muirland feart ablo the clouds,
an the gleds licht on thir mauchtless yins an kill thaim,
for that thay canna jouk, an men joy in the hunt,
sae did thay yoke upon the wooers thro the hoose
an scud thaim left an richt, an frae thaim
cam a michtie grane,
as heids were duntit, an the haill flair soomt wi bluid.
Syne Leiodes ran forrit an claisped the knees o Odysseus
an besook him an spak in heich-fleein wards:
"I ask maircie, Odysseus, tak tent o me an hae peitie,
for niver did I wrang yae wumman in yir haas
in fyle ward nor deed, but the ithers
I ettled tae haud back wha wad hae wrocht sic wark.
But thay wadna tak tent o me tae
haud thair wickit haunds,
sae in thair wanton weys thay hae gotten a wratchit doom.
But I, a seer amang thaim, hae duin nae wrang
an sal I be pitten doun the same as thae?
For nae grace is gien for the guid deeds duin."

Than wi an angrie glisk ablo his brous
Odysseus o the monie ploys gied him repone:
"Gin ye boast that ye were a seer amang thir men
ye maun aften, I jalouse, hae pit up a prayer
that faur frae me wad be ma sweet hamecomin,
an that ma dear wife sud gae wi ye tae gie ye bairns.
For yon ye wullna jouk the sair doom o daith."
Sae he said, an tuk a muckle sword,
that lay et haund whaur Agelaus had drapt it
whan he wes slain, an hackit him straucht on the craig,
sae the while he spak his heid wes rowed in the stour.
Nou the suin o Terpes, the minstrel, socht
tae jouk black daith,
Phemius wha wes med tae sing amang the wooers.
He stuid wi his soundin clarsach in his neives
bi the ootgait an swithert in his mind
whether he sud scowk frae the haa
tae the weill-wrocht altar o Zeus,
the god o the close, whaur aften thare
Laertes an Odysseus had brunt the thies o stots,
or sud lowp forrit an beseek Odysseus, claispin his knees.
An as he thocht on't, this seemed the better wey,
tae claucht the knees o Odysseus mac Laertes.
Sae he pit doun the boss clarsach on the grunn
atween the wine-bowle an the siller-bussit sait,
an breenged forrit an claisped the knees o Odysseus
an besook him wi heich-fleein wards:
"Bi yir knees, Odysseus, I beg ye; tak tent
o me an hae peitie.
Yae day it sal be greivous tae ye, gin a minstrel
ye sud slay, wha sings tae the gods and tae men.

Nane taught me but masel, an a god gied tae me
a walth o sangs, an as fit I am tae sing tae ye
as a god, sae dinna be ower swith tae sned ma heid.
Aye, an Telemachus yir ain suin will tell ye
that bi nae wish or ettle o ma ain intil yir hoose
cam I tae sing tae the wooers et thair feasts
but thay, strang as thay were an monie, gart me come."
Sae he spak an the yauld and michtie
Telemachus haird him
an swith he spak til his faither aside him:
"Haud back an dinna skaith a fautless man wi bronze,
aye, an sauf the herald Medon, wha aye
tentit me in oor hoose whan I wes a bairn."

Odysseus o the monie ploys smiled on Phemius
an said til him:
"Dinna fash, he has hained ye an delivirt ye,
sae ye ma ken in yir hairt an tell tae anither,
hou better it is tae dae guid deeds nor ill."

Syne wyce Penelope gied til him a repone:
"Yir bed is med for ye whan yir hairt desires it.
syne the gods hae brocht ye hame
tae yir weill-biggit hoose an tae yir ain kintra,
but syne ye hae thocht, an a god pit it intil yir hairt,
tell me o this aunter, for in days tae come, I ken
I sal hear o it, an tae ken it nou I sal be nane the waur."

GLOSSARY

aabodie *everyone*
aakin *all kinds of*
abeich *aside*
ablach *wretch*
abune *upwards, over*
ahint *behind*
aiknits *acorns*
air *oar*
airt *place, direct(ion)*
aish *ash(tree)*
aix *axe*
aizle *ember*
alowe *aflame*
an *and*
anent *before, concerning*
athoot *without*
atour *across, over*
atweel *indeed*
atween *between*
aums *alms*
aunter *adventure*
awn *own*
aye-bydan *everlasting*
ayont *beyond*

bairn *child*
baloued *lulled*
bawtie *hare, rabbit*
be-eft *abaft*
begeck *deceive*
beglaumert *bewitched*
begowk *befool*
ben *within*
benmaist *innermost*
bere *barley meal*
beseek *beseech, entreat*
beuch *bow of ship*
bide *stay*
bield(it) *shelter(ed)*
bien *comfortable*
big, biggin *build, building*
bine *metal bowl*
bing(t) *pile(d)*
bink *bench*
binna *except*
birkin *keen effort*
birl(in) *spin(ning)*
birlinn *ship*
birse *bristle*
birsilt *scorched*
blaffart *blow, slap*
blane *scar*
bled *blade*
blint *blind(ed)*
boak *vomit*
bobs *bunches*
bood tae *had to*
boose *stall*
boss *hollow*
bou *bow*
bouk *bulk*
bout *bolt*
braisant *insolent*
brat o lint *linen cloth*
braw *handsome*
breenge *dash suddenly*
brisket *breast*
brod(1) *poke(r)*
brod(2) *lid*
brod(3) *board*
broozilt *crushed*
brou *brow, forehead*
buff *punch, buffet*
buird *table*
buss *bush*
bye *past*
bygaun *passing*
byke *den*
byornar *extraordinary*

caa *knock, throw, drive etc*
caber *trunk, beam*
caller *fresh*
camshoch *crooked*
cannas *canvas, sails*
cantrips *tricks*
carlin *old woman*
chaumer *room*
chynes *chains*
claddach *pebbled beach*
claes *clothes*

clanjamphrie	*crowd, mob*
clarsach	*harp*
clarty	*dirty*
claucht	*grab*
claut	*claw*
clint	*rough stone*
clog	*log*
cloot	*hoof*
close	*courtyard*
clour	*strike*
connachs	*destroys*
counger	*control*
courie	*crouch*
couthie	*comfortable*
crack(1)	*conversation*
crack, in a(2)	*straightaway*
craig(1)	*rock*
craig(2)	*neck*
crannreuch	*frost*
cray	*stye*
creepie	*flat stool*
creesh	*grease, fat*
crine/cryne	*wither*
crote	*crumb*
crouse	*happy*
cruive	*pen, coop*
crunkle	*crackle*
cuddy	*donkey, mule*
cuif	*lout*
curch	*headgear*
dag	*dew*
darg/daurg	*task, labour*
daud	*lump*
dern(1)	*hidden*
dern(2)	*hide*
deval	*cessation*
dicht	*wipe*
dird	*thrust*
dirdum	*din*
dirl	*sound out*
dochter	*daughter*
dochtie	*powerful*
douk	*soak*
draucht	*scheme*
drave	*drove*
dree	*suffer*
dreel(1)	*drill*
dreel(2)	*swift work*
drog	*drug*
drouth	*thirst*
druim	*hilly ridge*
dud	*rag*
duddie	*ragged, untidy*
dule	*grief*
dunts	*thumps, blows*
dyke	*fence, wall*
dytit	*crazed*
ee/een	*eye, eyes*
een-ruits	*eye-roots*
eenoo	*at once*
eerant	*errand*
eetch	*adze*
eevie	*ivy*
eident	*diligent*
eild	*old age*
eith(lie)	*easy(ily)*
eldritch	*bloodcurdling*
etin	*giant*
ettle	*attempt*
fae	*foe*
faem	*foam, brine*
fairm-toun	*farm and steading*
fang	*prey*
fank	*sheepfold*
fankle	*tangle*
fash	*worry*
feart	*afraid*
fecht	*fight*
feck	*majority, commonalty*
feid	*enmity*
fell	*deadly*
fere	*comrade*
ferlie(d)	*wonder(ed)*
fitsides wi	*even with*
flain	*arrow*
flair	*floor*
flaucht	*flake,tress*
fleech	*coax, wheedle*
fleesh	*fleece*
fleeshie	*fleecy*
fleg/fley	*scare*
fleit	*float*
fleitchin	*wheedling*
fletherin	*flattering*
flype	*strip off, flay*

flyre	*taunt*
flyte(on)	*scold*
foonge	*fawn*
forenenst	*in front of*
forfochen	*exhausted*
forleit	*abandon, forget*
fou	*drunk*
fouth(-ie)	*abundance -ant*
fremit	*foreign, strange*
gaberlunzie	*tramp, beggar*
gait(1)	*way, road*
gait(2)	*goat*
gant	*gape*
gar	*compel*
gash	*pale,wan*
gentie	*refined*
gentrice	*breeding, gentility*
gey/geyan	*very*
gin(hard g)	*if*
girn(1)	*whine*
girn(2)	*snare*
girse	*grass*
girsin	*grazing*
glaikit	*stupid*
glaive	*sword*
glaizie	*glossy*
glamourie	*magic*
gled(1)	*glad*
gled(2)	*hawk*
gleeds	*glowing coals*
glisk	*glance*
gollop	*gulp*
gove	*gaze*
gowk	*fool*
gowl	*scowl*
gowpen	*cupped hands*
graip	*grope, fumble*
graith	*tackle, armour*
graithed	*accoutred*
gralloch	*disembowel*
grane	*groan*
gree (bear the)	*win*
greeshoch	*ashes*
greet/grat	*weep/wept*
gress	*grass*
grew	*greyhound*
grien	*long, pine*
grugous	*horrifying*
grumphies	*pigs*
grunn	*ground*
guidman	*husband*
guidwillie	*hospitable, kind*
gyre	*monster, witch*
gyte	*mad*
haet	*trifle, jot*
hain	*save, protect*
hainch	*haunch*
hairns	*brains*
halflin	*stripling*
hallant	*partition*
hansel	*gift*
hap/happit	*wrap/-ped*
hap(2)	*event*
harl	*drag*
harns/hairns	*brains*
hashie	*slovenly*
hauld	*property*
haulie	*holy*
hause(1)	*neck*
hause(2)	*embrace*
heels-owre-gowdie	*upside down*
heich	*high*
heize	*lift*
herry	*rob*
hership	*ruin*
het	*hot*
hine	*haven*
hinnie	*honey*
hird	*herd, shepherd*
hirsel	*flock, herd*
hoastit	*coughed, gasped*
hoch	*hock*
hosack	*cuttlefish*
hotchin	*thronging*
hotterin	*seething*
howe	*hollow*
howff	*lodge*
howk	*dig*
howm	*water-meadow*
hunkert (doun)	*squatted*
ile	*oil*
ilka	*each, every*

ingait *entry*
inunct *anoint*

jalouse *guess, infer*
jeests *joists*
jouk *avoid*

kebars *rafters*
kebbuck *cheese,a*
keelie *rough (person)*
kemp *champion(ship)*
ken *know*
kenmark *sign*
kennel(t) *kindle(d)*
kepp *confine*
kinrent *genealogy*
kintra *country*
kintra-carls *rustics*
kist *chest*
kitchen *savoury food*
kye *cows*
kyle *strait*
kyte *belly*
kythe *appear*

lair *grave, bury*
laundbrist *breaking surf*
lane *lonely, alone*
langsyne *long ago*
lapper *clot, curdle*
larach *ruin*
lave *remainder*
leal *faithful*
leam *beam*
leelang *livelong*
leem and rock *loom and distaff*
leid *language*
lever *liver*
lichtlie *despise*
lift *sky*
ligg *lie*
limmer *flighty woman*
linn *pool*
lippen *trust*
lipper *full*
lippin-fu *brimming*
lowe *glow, flame*
lown *calm*
lowp *leap*
lowse *loosen, cease*
lug *ear*
luggies *milk-pails*
luif *hand(open)*
lusumelie *lovingly*
lyart *grey*

mac *son of*
mae *bleat*
mait *meat*
mane *moan, complaint*
marrows *comrades*
mask *mix*
mauchtie *powerful*
mauchtless *weak, impotent*
mauk *maggot*
maumilie *pleasantly*
maun *must*
maun-be *necessity*
meeda *meadow*
meikle *large*
mell *mix*
mense *sense*
messan *lapdog,cur*
minker *villainous*
mirk *gloom(y)*
mishanter *mishap*
mockrife *scornful*
most *mast*
muckle(1) *large*
muckle(2) *much*
murn *mourn*

nesh *soft, vulnerable*
neuk *nook*
nieve *fist*
nile *navel*
nourice *nurse*
nowte *cattle*
ochon(a ri) *alas*

ogertfu *arrogant*
onding *storm, onset*
oof *wolf*
oos *down*
ootfaa *result*
ootgait *exit*

or *before*
ouf *lout*

paible *pebble*
painch *stomach*
pauchtie *insolent*
paum *palm tree*
pellar *pillar*
phrase *flatter*
plapperin *bubbling*
plicht *plight*
port *tune*
postrum *postern*
pow *head*
pree *sample*
preis *praise*
priggin *pleading*
prog *goad*
puckle *small quantity*
purpie *purple*
pushion *poison*
pyne *pain*

quaich *cup*
quat *avenge*
quayvyr *quiver*
quey *heifer*
quine *girl*

racks *reaches of river*
raip *rope*
ramstougar *rough*
rax *reach*
reamin *frothy*
rede *counsel*
ree *frenzy*
reek *smoke, mist*
reive *rob, plunder*
repone *answer*
repree *reproach*
riftit *belched*
rugg *tug*
runkle *wrinkle*
ruskies *baskets*
rynes *reins*
rypin *robbing*

sair *sore, extreme,*
sapple *lather*
saunt *vanish*
saut *salt*
saw *unguent*
scart *scrape, scratch*
scaur *sheer rock, cliff*
sclave *slave*
sclimm *climb*
scodgie *chore*
scouthie *spacious*
scrieve *write*
scud *strike, blow*
scunner *disgust*
sellet *helmet*
sey *trial, attempt*
sharger *runt*
sharn *dung*
sharrow *bitter*
shaw *wood*
shedda *shadow*
sheuch *ditch, trench*
shew *sew*
shooglie *wobbly*
shuin (pr.shin) *soon*
sic *such*
siccar *certain*
sine *rinse*
sinnons *sinews*
skail *scatter, spread*
skaith *harm*
skelf *splinter*
skelloch *scream*
skelp *slap, strike*
skep *basket, hive*
skep in wi *cohabit with*
skinklin *sparkling*
skire/skeer *clear*
sklent(it) *slant(ed)*
skraich (hard c) *screech*
skraik *squawk*
slaister *smear, splash*
sleekit *sly, crafty*
slocken *quench thirst*
smairge *smear*
smeddum *zest, energy*
smerghie *full of marrow*
smirr *misty rain*
smit *infect, infection*
smoor *smother, snuff out*

sneck	*latch*
sneddit	*cut*
snell	*sharp, bitter*
snib	*slice*
snirk	*snigger*
snowk	*sniff*
sonsie	*plump*
soom	*swim*
souch (hard ch)	*sigh*
soukies	*clover*
spae	*foretell*
spaeman	*prophet*
spauls	*shoulders*
speik	*speech*
speir	*ask*
spirlie	*slender*
splounge	*plunge*
spulyie	*booty, quarry*
stang(1)	*sting*
stang(2)	*shaft*
stech (ch hard)	*stuff, pack*
steid	*track, mark*
stell	*support*
steven-raips	*prow/stern ropes*
stieve	*stiff, strong*
stot	*ox, bullock*
stour	*dust*
stramash	*uproar*
straucht	*straight(-away)*
stravaig	*roam*
streik	*stretch*
strunt	*swagger*
sunket	*tit-bit*
swallie	*abyss*
swalt	*swollen*
swankin	*sturdy*
swatch	*portion*
swaw	*wave*
sweir	*reluctant*
swick	*trick, deceit*
swippert	*swift*
swith	*swift, sudden*
swither	*hesitate*
syne	*since, then*
taigle	*hinder, delay*
tairge	*shield*
tairgin	*admonition*
tappietourie	*high point*
tapsalteerie	*topsy-turvy*
tash	*harm, blemish*
tass	*cup*
taw	*fibre*
tein	*woe, anger*
tent	*attend, attention*
tentie	*heedful*
thae	*those*
thairms	*innards, guts*
thie	*thigh*
thieveless	*listless*
thig	*cadge*
thir	*these, those*
thirldom	*thralldom*
thirled	*attached*
thole	*endure*
thorter	*thwart*
thrang	*busy, crowded*
thrapple	*throat*
thrashel	*threshold*
thrawn, thraan	*stubborn, surly*
threip	*insist, repeat*
thrells	*thralls*
thrummilt	*kneaded*
tice	*lure*
til	*to*
tine/tint	*lose, lost*
tirl	*twist, turn*
towe	*cable*
traist	*trust*
trance	*corridor*
trauchles	*travails*
trig	*tidy,-ily*
trimmle	*tremble*
tronie	*long story*
tuim	*empty*
tup	*ram*
tyauve	*labour*
ugsome	*horrid*
uther	*udder*
vieve	*alive, lively*
virr	*strength*
vivers	*provisions*
vizzie	*look, view*

wabbit	*worn out*
wabster	*weaver*
wain	*four-wheeled cart*
wal	*well*
wale	*choose*
wame	*belly*
wammelt	*writhed*
wanchancie	*risky*
wanhap(pie)	*dire straits, desperate*
wannert	*lost*
watter	*water(=river in Scotland)*
wean	*child*
weill-daein	*prosperous*
weir(aff)	*avoid, fend off*
weird	*fate, power*
weirdit	*destined*
wersh	*raw, bitter*
whang	*thong*
wheen	*a few, a number*
wicht	*nimble*
widdie	*withy*
willie-waught	*deep draught*
wiss,wist	*wish, wished*
wricht	*artisan*
wrocht	*worked*
wummle	*drill, auger*
yae	*one, single, same*
yaise	*use*
yamp	*hungry*
yauld	*strong*
yeaned	*lambed*
yeld	*barren*
yelloch	*howl*
yett	*gate*
yin	*one*
yince	*once*
yird	*earth,bury*
yivver	*eager*
yoke	*harness*
yoke(on)	*take hold of*
yowe	*ewe*

BY THE SAME AUTHOR

Scotland's Castle (Reprographia 1969)
Poems *(Akros 1970)*
Four Points of a Saltire *(with Sorley MacLean, George Campbell Hay and Stuart MacGregor) (Reprographia 1970)*
Despatches Home *(Reprographia 1972)*
Buile Shuibhne *(Club Leabhar 1974)*
Galloway Landscape *(Urr Publications 1981)*
Cnu a Mogaill *(Dept of Celtic, University of Glasgow 1983)*
Wild Places *(Luath Press 1985)*
Blossom, Berry, Fall *(Fleet Intec 1986)*
Making Tracks *(Gordon Wright Publishing 1988)*
Straight Lines *(Blackstaff Press 1991)*

An audio-cassette recording of several of these passages has been made by SCOTSOUN with readings by the author himself, Robert Calder and George Philp. This can be obtained from the Saltire Society or by Mail Order direct from Scotsoun Productions, 13 Ashton Road, Glasgow G12 8SP

The Saltire Society takes its name from the oblique white cross on an azure field – in heraldry a *saltire* – which is the emblem of Saint Andrew, patron saint of Scotland, and forms the national banner.

On 2nd December, 1983, the Lord Lyon King of Arms granted the Saltire Society its own Ensigns Armorial. The design of the Saltire Society's Coat-of-Arms signifies the interdependence of past, present and future, combining part of Nova Scotia's flag with that of Scotland.

The Saltire Society has been active since 1936 in the encouragement of everything that might improve the quality of life in Scotland and revive the country's creative participation in European culture.

The activities and aims of the Saltire Society are diverse and constantly expanding. It seeks to preserve all that is best in Scottish tradition and to encourage every new development which can strengthen and enrich the country's cultural life. Part of this work is achieved through the Society's many award panels and committees. The Society also seeks to revive the memory of famous Scots and to make the nation conscious of its heritage. It is noted for its continuing contribution to the Edinburgh International Festival.

Membership is open to all individuals and organizations who support the aims of the Society. Branches are active in Aberdeen, Edinburgh, Glasgow, Helensburgh, Highland (based in Inverness), Kirriemuir, St Andrews and South Fife. There are Saltire representatives in Ayr and London.

Further information from: The Administrator
The Saltire Society
9 Fountain Close
22 High Street
EDINBURGH EH1 1TF
Tel 031 556 1836 Fax 031 557 1675